CRECER SIENDO CUBANO

CRECER SIENDO CUBANO

SONIA MANZANO

SCHOLASTIC INC.

Originally published in English as *Coming Up Cuban*
Translated by Abel Berriz

ISBN 978-1-338-83086-6

10 9 8 7 6 5 4 3 2   22 23 24 25 26

Printed in the U.S.A.   40
First Spanish printing, 2022

Book design by Abby Dening and Elizabeth B. Parisi

A mi hija Gabriela Rose Reagan, de corazón inmenso,
quien siempre ve el punto de vista de los demás

Desgarrados juntos

1959 · 1960 · 1961

Cuando tus lágrimas de esperanza y traición hacen que
veas a las estrellas fugaces tenues y desenfocadas...

Cuando te descubres en una tierra extraña...

Cuando aprender a leer te hace odiar a tu padre...

Cuando la roja burbuja de sangre de un pinchazo en el dedo
marca el dolor y la violencia de los que no puedes escapar...

Es entonces que te elevas por encima de la sombra
de Fidel Castro y creces siendo cubano.

Ana, Miguel, Zulema y Juan pugnan por escapar de los desmanes de un líder rebelde cuyos ideales y sofocantes medidas los compelen a luchar por sus vidas y por sus familias. Al final se ven forzados a aferrarse a lo que creen justo, aunque las medidas del gobierno amenacen con hacerlos callar.

Mientras las bombas y las traiciones desgarran vidas y familias, Ana, Miguel, Zulema y Juan permanecen juntos, con los corazones rebosantes de esperanza, pues comparten el sueño de controlar sus propios destinos.

El puñal que se clava en nombre de la libertad,
se clava en el pecho de la libertad.

—JOSÉ MARTÍ, POETA CUBANO

ANA

LA HAVANA, CUBA · 1959

Casi llegamos. Casi alcanzamos el portón. Chispa, mi perra, gimotea en mis brazos, temerosa de los tiros que se escuchan en la distancia. ¡Mi madre va delante —tan cerca, tan cerca de casa—, cuando el rebelde la agarra!

¡Mami chilla! El miedo me debilita y me quita la fuerza, pero la sangre que bombea por mi cuerpo me impulsa hacia adelante. Corro y le salto encima al rebelde, se me sube la saya cuando enlazo su cintura con mis piernas. La camisa mugrienta, el cinto, los pantalones sucios se sienten pegajosos contra mis muslos, pero no lo suelto, lo aferro con las rodillas mientras lo golpeo con los puños. Él gruñe y se retuerce, sorprendido, mientras que mami se queda boquiabierta como una boba.

Chispa, que hace un momento le tenía miedo a los tiros de celebración, ahora es valiente, y aunque se enreda en el amasijo que forman su correa y nuestros cuerpos, encuentra la manera de prenderse al tobillo del hombre.

—Caramba —maldice él.

—Para —ruega mami.

Pero el hombre no para, así que, imitando a Chispa, lo muerdo. ¡En la oreja!

—Ayyy... —gruñe el hombre, y se retuerce, tratando de desprenderse de nosotras dos.

Su oreja es asquerosamente salada. Un mechón de su pelo se desliza hasta mi boca y me sabe al níquel de los centavos.

—¡Para, Ana! ¡Te dije que pararas! —grita mi madre.

¿Yo? ¿Oí bien? ¿Me hablaba a mí? Alzo la vista y veo su rostro, por encima del hombro mugriento del rebelde. Tiene una mirada salvaje, furiosa y... ¿feliz?

—Ana, Ana —dice enérgicamente—. ¡Para! ¡Dije que pararas!

El agrio aliento del hombre me golpea el rostro.

—¡Para! —repite mi madre.

El hombre emite otro sonido y se aparta de mí, agarrándose la oreja.

—¡Caramba! —Esta vez se ríe.

Los ladridos de Chispa se suman a los disparos. Mi madre, más calmada ahora, me dirige un susurro ronco.

—¡Para! ¡Dije que pararas! ¡Es tu padre, Ana! ¡Es tu padre!

Papi

Trato de calmar mi corazón lo suficiente como para mirar su rostro detrás del vello que lo cubre. Poco a poco, como el agua fangosa que se asienta y se aclara, enfoco el rostro y veo que es mi padre. Niego con la cabeza intentando entender, comprenderlo todo, pero no puedo.

—Ana, soy yo. Siento haberte asustado —dice él con voz áspera e irreconocible—. Carijo, mi oreja...

¿Mi padre? ¿El que se fue hace tanto? ¿El que se unió a los rebeldes en las montañas de la Sierra Maestra? ¿El que nos dejó para luchar por la Revolución?

Me siento diminuta, loca, avergonzada, mientras caminamos dando tumbos, cruzando la reja para entrar en la casa.

Dentro, aún atontada, contemplo y escucho a mi madre y a mi padre chacharear y besarse, y ellos me halan hacia sí.

—¡Lo logramos! Ganamos, Lydia. Fidel Castro y los rebeldes ganamos —dice mi padre—. ¡El corrupto dictador Batista se fue!

—Te extrañé tanto —murmura mami—. Ana, ven...

Pero es demasiado.

—No te preocupes, Lydia —dice él, riendo, tocándose la oreja—. Ana no me ha visto en casi dos años. Probablemente no me reconozca. —Me mira—. Yo casi no la reconozco a ella. Ana, eres más alta que la muchachita que dejé. Y tremendas mordidas que das. —Me examina el rostro como si fuera una foto—. Sin embargo, tienes las mismas pecas, los mismos ojos castaños. —Chispa gruñe—. ¿Y este quién es?

—¡Chispa! La trajimos después de que te fueras —dice mami.

El hombre se acerca a acariciar a Chispa.

—Tratando de ocupar mi lugar, ¿eh, perrita?

Chispa gruñe de nuevo

—¡Estás tan flaco! —dice mami.

—¡Necesito un baño! —responde él, sonriéndome con desgano—. Y una curita para la oreja.

Mis padres se marchan al piso de arriba y me dejan sola en la sala. La cabeza me da vueltas como un trompo y jadeo como Chispa. Entre el ruido de la ducha, creo escuchar a mi madre decir: "¡Batista se fue! ¡Llegó Fidel!".

—¡Batista se fue! ¡Llegó Fidel! —repite mi padre.

Sus palabras me resuenan en el oído.

Victoria

—Ana, ¿lo ves? ¿Ves a tu padre?

¿Cómo voy a reconocerlo? ¡Todos esos rebeldes se parecen! Pelo largo y barbas largas.

—¿Lo ves? —repite ella.

Estamos en un desfile de la victoria buscando a papi, pero solo vemos hombres peludos con aspecto salvaje montados en camiones y *jeeps*. La multitud, que se extiende por todo el Malecón, me empuja hacia adelante, gritando: "¡Viva Cuba Libre!". Mi abuela, mis tías y mis tíos son los que gritan más alto. Se ven ridículos, dando brincos para mirar por encima de la multitud y luego agachándose para ver entre los brazos de la gente. Mi familia me recuerda a los personajes de los muñequitos americanos.

—¡Viva Cuba libre! —ruge la muchedumbre una y otra vez.

—¿Lo ves? —repite mi madre como un disco rayado. Es la única que no grita, pero mira inquieta como una estrella de cine en una película romántica—. ¿Lo ves?

Siento que me desmayo bajo el sol ardiente cuando, de pronto, los gritos se vuelven tan agudos como sirenas. "¡Fidel! ¡Fidel!". Los gritos me hacer dar un respingo.

Sobre una plataforma en la cama de un camión está el líder revolucionario en persona: ¡Fidel Castro!

Saluda. Todas las manos, negras, cobrizas y blancas, se extienden como una sola. Él saluda una y otra vez y todo el mundo grita de manera histérica. Luce más alto que todos los hombres que he visto, y me hace pensar en un caballo con alas. Tiene el pelo abundante y negro, y le ondea sobre la frente como las olas del Caribe. Su rostro está dividido por una nariz larga que parece a punto de resoplar. El tabaco que sostiene entre los labios se asemeja a un arma lista para disparar, o parece que va a explotar en cualquier momento.

—¡Ahí está! —Mi madre vuelve a mover los labios, pero no está señalando a Fidel Castro. Está señalando a mi padre, sentado en el *jeep* que va detrás de Fidel.

Mi padre nos ve y se nos queda mirando tan fijamente que siento que me clava contra una superficie. Su *jeep* nos pasa por al lado. Mami se inclina hacia mí y me grita en el oído.

—¿Viste lo cerca que estaba de Fidel? ¡En el carro de atrás! ¿Viste?

Asiento con la cabeza, el oído me pita por el grito. Mami me vuelve hacia sí y me pone una banderita roja y negra en la mano.

—¿Viste lo cerca que estaba tu padre de Fidel? ¡Eso es porque tu padre es muy, muy importante para la Revolución! ¡Ayudó a Fidel a ganar! Mueve la banderita, Ana. ¡Mueve la banderita!

Hago lo que me dice.

Meriendas de papi

Llamo por teléfono a Carmen, mi mejor amiga.

—Sí... volvió. En la sala dejándose arrancar pedazos de pellejo.

Carmen se ríe.

—No... Es broma —digo—. ¡Pero eso es lo que mi abuela está haciendo! Lo abraza y lo besa con tanta fuerza que creo que quiere arrancarle un pedazo solo para asegurarse de que es él de verdad. ¡Ja! Pero ¿quién soy yo para decirlo? Casi le arranco la oreja.

—¡Ana! ¡Ven a comerte una croqueta! —llama mi madre.

—¿A qué sabía la oreja? —bromea Carmen—. ¿A pollo?

—¡Ja! Te diré cuando te vea. Mami me está llamando.

¡Carmen me pregunta si creo que sor Michelle, nuestra maestra, usa sostén!

—Ana... —me llama mami.

—No, Carmen, ¡no creo que sor Michelle use sostén! —me apuro en responder—. ¡Creo que usa un cabestrillo porque más bien parece como si tuviera un solo pecho enorme y redondo que le llega a la cintura! —Cuelgo y entro de puntillas en la sala, con una risita.

Mi padre y yo nos miramos un instante a los ojos sin querer. Nunca nos miramos a los ojos. Cuando lo miro, él voltea el rostro; y yo hago lo mismo. Tal vez esté bravo porque le mordí la oreja.

Agarro mi cuaderno y un lápiz y me quedo absorta

dibujando la forma, las líneas y las sombras de la oreja que por poco me como.

—¡Cuéntanos sobre la lucha en las montañas! —ruega mi familia, y mi madre corre a la cocina a buscarle a mi padre más comida que no necesita, porque acaba de comer.

—¡Preferiría contarles cómo Ana casi me arranca una oreja!

Me sorprende tanto que me mencione que casi me volteo a ver si hay otra Ana en la habitación, pero unos toques a la puerta me salvan de tener que responder. Mi padre se levanta y abre.

—Antonio —grita, dejando pasar a un hombre con una verruga inmensa en la punta de la nariz—. ¡Qué tal! —exclama mi padre, olvidándose de mí—. Este es Antonio, mi compañero —anuncia—. ¡Peleamos juntos!

—Y este hombre —dice Antonio, el de la verruga en la nariz, dándole unas palmaditas a mi padre en la espalda—, este hombre, Rafael Andino, me salvó la vida.

Mi familia deja escapar una exclamación de sorpresa.

—¡Y ahora, Antonio y yo ayudaremos a organizar el nuevo gobierno! —añade mi padre, pasándole un brazo a su compinche por encima del hombro.

Me escabullo para llamar de nuevo a Carmen, para contarle de la verruga en la punta de la nariz de este hombre... pero el teléfono da timbre y timbre y ella no contesta. No hay nadie en casa. Probablemente hayan ido a comprar helado. Me gustaría que fuéramos a comprar helado, pero en lugar de eso tengo que escuchar la conversación en la sala. "Que si la Revolución esto, que si la Revolución aquello...". Yo pensaba que la Revolución se había acabado.

En realidad, apenas estaba comenzando.

No te conozco

Estoy afuera contando los agujeros de bala del *jeep* de mi padre cuando mami me llama desde adentro.

—Ana, ¿por qué tú y papi no van un momentico al frutero? ¡Necesito naranjas!

Mi padre sale y rápidamente nos esquivamos la mirada al montar en el *jeep*. Conté dieciocho agujeros de bala, pero no digo nada y viajamos en silencio. Finalmente oímos al negro viejo que vende frutas cantar: "¡Frutas, naranjas dulces!". Parqueamos y vamos hasta el carrito. El ayudante del frutero, un muchacho de mi edad, mira con parsimonia los agujeros de bala, luego a mi padre y a mí. Yo le miro las largas canillas oscuras mientras mi padre escoje las naranjas. Va a pagarlas, pero el viejo se lo impide.

—No, señor. ¡Para usted, gratis! —Sonríe, pero su mirada es cauta y recelosa, y refleja cierta curiosidad por los agujeros de bala.

—No, yo las pago —dice mi padre, poniendo el dinero en la mano temblorosa del viejo—. No hay motivo para dármelas gratis. Y no tiene que llamarme señor. Ahora somos compañeros.

El frutero no dice ni sí ni no. Se limita a tomar el dinero, tose bajito y le hace señas al muchacho para seguir camino. "¡Frutas, naranjas dulces!", canta vacilante.

Nos montamos al *jeep.*

—¿Viste a ese frutero y al muchacho? —dice mi padre y suspira.

—¿Qué?

—El frutero y su ayudante.

—Claro que los vi —¿Pensará que estoy ciega?

—¿Qué viste?

No sé de qué me habla, pero vuelvo a mirar. Solo veo a un viejo de pelo canoso con un sombrero de paja estropeado y a su ayudante. Hay montones de fruteros como él en La Habana.

—¡Míralos, Ana! —insiste mi padre—. Abre los ojos.

Los vuelvo a mirar.

—¿Qué? Es solo el frutero —digo.

—Mira mejor. ¿Qué ves?

—Veo un viejo que escupe cantidad y un muchacho en camiseta con piernas largas, rodillas costrosas y unos pies enormes embutidos en chancletas...

—Pero ¿quién *es* él? —insiste mi padre.

—No lo sé... ¿el nieto del viejo? —Me siento como si me estuviera examinando.

—Sí, probablemente... Pero ¿no crees que es alguien que merecería zapatos y ropa más apropiados? Piensa en cómo su vida... ese muchacho es como de tu edad... ¿tú crees que va a la escuela?

—No lo sé... —digo. Nunca me había detenido a pensar en que muchachos como ese fueran a la escuela.

—Probablemente pase el tiempo en el basurero... Solía ver todo el tiempo muchachos como él buscando cosas en los basureros para vender. Y apuesto a que ese viejo, que probablemente sea su abuelo, nunca ha ido a ver a un médico. ¿Lo escuchaste toser?

Asiento y vuelvo a mirarlos... pero ya se han ido.

—Esta Revolución se hizo para acabar con la dictadura. Una dictadura que nos hizo desiguales —alza la voz, emocionado. Luego añade—: ¿Qué tú crees, Ana?

—¿De qué?

—De todo. —Sonríe.

Creo vislumbrar una brecha que se abre entre nosotros, pero no estoy segura de qué decir, así que suelto lo primero que se me ocurre.

—Siento haberte mordido.

Él se ríe.

—No pasa nada, mi oreja todavía funciona. ¿Ves? —dice, ¡y mueve la oreja!

Retrato

Los retratos que he dibujado están por todas partes.

—Estas son mis amigas Carmen y Norma... —digo, caminando con cuidado de no pisarlos.

—¿Cómo son? —pregunta él.

—Bueno, Carmen es flaquita y tiene el pelo negro rizado... y nunca quiere hacer lo que le dice su mamá.

—Entonces, ¿es una rebelde? —dice él, sonriendo con malicia.

—Supongo... Nunca lo pensé de esa manera; pero sí.

—¿Y esta es Norma? ¿Está triste?

—No, solo lo parece porque tiene los ojos melancólicos y los hombros caídos.

Él se ríe.

—Así que tienes una amiga rebelde y otra tristona... ¿y tú qué tipo de amiga eres?

—¿Yo? Soy... una amiga normal.

—No... tú eres una artista, una gran artista. Veamos más retratos.

Le muestro todos mis dibujos.

—Esa es mi madre —ríe él, masajeándose el brazo.

—Sí —digo, con una risita.

—¡Y esa es Chispa!

—Sí.

—No le caigo bien.

—No...

—¿Por qué no me dibujas? —dice él de pronto—. Me quedaré quieto. Dibújame de perfil. —Se voltea del otro lado—. No, de este lado... ¡así puedes dibujarme la oreja que casi pierdo!

Me pongo colorada. Él se echa a reír.

—Hiciste lo correcto. Fuiste muy valiente.

—¿Igual que tú, luchando en la Sierra Maestra?

—No siempre fui valiente. A veces tenía tanto miedo que lloraba y quería que se acabara la guerra.

—Entonces, ¿por qué no dejaste de pelear y regresaste a casa? —le pregunto.

—Porque tenía la esperanza de que ganáramos. ¡Y así fue!

Mi madre entra con una bandeja de frituras.

—¿Alguien dijo esperanza? Yo también tengo esperanzas. Tengo la esperanza de que se coman estas —ordena.

Mi padre y yo ponemos los ojos en blanco.

—¿Qué pasa aquí? —dice mi madre, perpleja.

Esta vez mi padre y yo nos miramos a los ojos y sonreímos.

Fotografía

—¡Dieciocho! —dice Carmen, dando golpecitos alrededor de un agujero de bala con la uña rosada—. Conté dieciocho agujeros.

—Con razón las balas matan —dice Norma—. ¡Miren lo que le hicieron a este *jeep*!

Mi padre se acerca.

—Así es... ¡y quisieron matar a mi padre dieciocho veces! —me apresuro a decir—. Eso prueba que él es un rebelde muy especial.

—Bueno, bueno —me regaña papi cariñosamente—. La Revolución no es un juego.

—Lo sé, pero así y todo... —digo orgullosa.

Mi madre baja las escaleras luciendo un vestido de flores naranjas y rojas. Las flores parecen tan reales que pienso que podrían atraer a las mariposas. De camino al pícnic, les pasamos por al lado a unos soldados rebeldes que vienen en dirección opuesta. Mi padre mete la mano debajo de su asiento y saca un cartón de cigarros.

—Lydia... tírales a los soldados —dice.

—¿Puedo hacerlo *yo*? ¡Son tan lindos! —dice Norma en tono melancólico, señalando el dije con forma de corazón que le cuelga del collar, como si quisiera que los soldados lo viesen.

—Yo lo hago —dice mami.

Mientras les lanza las cajetillas a los soldados, su hermoso vestido ondea como flores en la brisa, y los soldados gritan y saludan con la mano.

—Papi lucía como ellos cuando llegó a casa, aunque más mugriento y asqueroso —digo con orgullo—. También apestaba.

Mis padres ríen en el asiento delantero. Papi mueve las orejas, provocando la risa de Norma.

En el pícnic, mami le da a mi padre la ración más grande.

—¡Tengo que engordarte! —dice.

—Lydia, vi gente más flaca que yo cuando estaba peleando en la Sierra. —Sonríe—. Vi guajiros tan flacos que cada mañana tenían que apretarse el cinto. Eran tan pobres que no tenían ni electricidad ni agua corriente. Tenían las manos tan maltratadas por el trabajo que a duras penas podían cerrar el puño.

—¿Qué? ¿Cómo? ¿No podían ni cerrar el puño? —pregunto.

—No, no podían. Tenían las manos tan hinchadas que a duras penas podían sostener una cuchara o un lápiz.

Agarro mi lápiz, imaginando cómo sería si no pudiera sostenerlo recto.

—Esa gente no sabía leer ni escribir —continúa mi padre—, pero eran tan orgullosos que barrían el piso de tierra todos los días.

—¿Piso de tierra? ¿Tenían piso de tierra? —dice Carmen, fascinada.

Mi padre cambia el tono de voz de repente.

—No es justo que alguien tenga que vivir así —dice muy serio.

—No... supongo que no es justo —susurra Carmen.

—Aun así —continúa mi padre, bajando también la voz—, esos guajiros compartían la comida que tuvieran con nosotros, los rebeldes... aunque fuera solo masa de coco.

—¿Masa de coco? —dice Carmen, asombrada.

Mi padre me pone en la cabeza imágenes que tengo que

plasmar en el papel. Veo que tiene la vista perdida, con los ojos abiertos y la expresión esperanzada, y me esfuerzo tanto por imaginar qué es lo que ve que me muerdo el labio.

—Voy a ayudar a esa gente de manos hinchadas y pisos de tierra —anuncia Carmen de pronto—, de algún modo, cuando crezca. A lo mejor incluso me hago maestra... y nunca me caso, para llevarle la contraria a mi madre —añade.

—¡Bien hecho! ¡Yo voy a casarme con uno de esos soldados lindos que nos pasaron por al lado y vamos a vivir felices para siempre! Si puede mover las orejas —añade Norma, llevándose el dije a los labios.

—Bah —dice Carmen, pero acto seguido se echa a reír.

Mami saca la cámara.

—Vamos a hacer una foto. —Las tres nos apiñamos sobre la manta—. ¡Sonrían! —dice, y enseguida—: Ay, vamos, ¡pueden hacerlo mejor!

—Yo voy a hacer que se rían —dice mi padre.

Se para detrás de mami y mueve tanto las orejas que no podemos evitar soltar una risita. Cuando mami aprieta el obturador, una brisa repentina hace que su vestido se alce y envuelva las piernas de mi padre. El tiempo se detiene y de pronto me parece que son una pareja fusionada para siempre y envuelta en flores rojas y naranjas.

Mi madre nos toma la foto con su cámara Brownie y yo me grabo en la mente la imagen de ellos dos.

Mostrar, contar

¡Finalmente! Llegó la hora de mostrar mis dibujos en la escuela. Estoy tan emocionada que siento como si los dibujos me quemaran la mochila.

—¡Estos dibujos son de mi padre y sus días en la Sierra Maestra! —anuncio mientras los pongo en el proyector. Carmen y Norma aplauden—. Este dibujo es de la mano de un guajiro, tan hinchada de trabajar que no puede cerrar el puño. Son tan pobres que no saben leer ni escribir.

—¿No saben leer? Deben de ser muy estúpidos.

Alzo la vista. Es Lizzette. Se examina un mechón de pelo rojo. Las diminutas argollas doradas de sus orejas emiten un destello.

—Silencio —dice secamente sor Michelle. Luego añade, santiguándose sobre el unipecho—: Debemos siempre orar por aquellos que tienen menos. Continuemos.

—¡Algunos guajiros son tan pobres que viven en casas de piso de tierra, y las barren todos los días! —digo, mostrando mi siguiente dibujo.

—¿Cómo saben cuándo está limpio el piso de tierra? —Otra vez Lizzette.

La cara se me pone roja de cólera, pero me controlo y proyecto el dibujo siguiente.

—¡Este es mi padre comiendo cocos con sus compañeros y

los guajiros cuando no había más nada que comer!

—Seguro les dio diarrea —interrumpe Lizzette una vez más, dividiéndose con cuidado el pelo en toda su extensión.

Esta vez todos se ríen.

Sor Michelle Unipecho nos fulmina con la mirada.

—Eso es todo por hoy —dice.

Agarro mis dibujos y me paso el resto del día que echo humo.

—No te pongas brava, Ana —dice Carmen—. Lizzette se burló de tus dibujos porque es rica.

—Pensé que era porque es estúpida —añade Norma, jugando con su collar y haciéndome reír.

—No es gracioso —dice Carmen de repente.

Pero Norma y yo seguimos riéndonos cuando el elegante carro blanco de Lizzette se marcha y aparece el *jeep* de mi padre.

—¿De qué se ríen? —pregunta él en cuanto pongo un pie en el *jeep*.

—¿Ves esa muchacha que va en el carro blanco? Se llama Lizzette, es rica y se burló de mis dibujos. Ella piensa que la Revolución es una estupidez. ¡Nos reímos de lo estúpida que es!

—Ahhh... —dice él, mirando el carro—. Tal vez no sea estúpida. Tal vez solo le tiene miedo al cambio. Escúchame, Ana. Los cambios pueden emocionar o asustar a la gente.

—Yo no tengo miedo —me apresuro a decir—. Quiero decir, trato de no tener miedo.

—Eso es lo mejor que podemos hacer —dice él.

—¿Te dio diarrea comer cocos? —pregunto.

Él echa la cabeza hacia atrás y se ríe.

—Sí, ¡pero no lo dibujes!

Películas de miedo

—Disfruten la película —dice mi padre al dejarnos cerca del cine—. ¿Qué van a ver?

—Cualquier cosa —dice Carmen.

—¡Nos encantan las películas americanas! Especialmente las románticas —añade Norma.

—¡Las recojo en unas horas! —dice él, alejándose en el *jeep*.

Carmen, Norma y yo corremos hasta el cine, pero nos detenemos cuando estamos llegando. ¡El cine está cerrado!

—¿Qué? ¿Desde cuándo está cerrado? —exclamo.

—No lo sé —dice Carmen—. ¿Qué habrá pasado?

Nos quedamos mirándonos las caras como si con eso fuéramos a hacer que abriera el cine. Busco a mi padre con la mirada, pero ya se fue.

—Vamos a comprar dulces y pasear por ahí —sugiere Norma.

Corremos hasta la dulcería y estamos a punto de comprar unas naranjitas confitadas cuando escuchamos a un hombre gritar:

—¡Auxilio! ¡Auxilio! —¡El hombre casi choca con la vidriera de la dulcería!

Me aparto, pero el dueño de la dulcería lo saca a empujones.

—¡No, aquí no! ¡Fuera! ¡No puedo ayudarte! ¡Fuera de aquí!

El hombre tiene los ojos desorbitados y me mira justo antes de marcharse. El dueño de la dulcería intenta meternos debajo del mostrador, pero alcanzamos a ver a un policía persiguiendo al hombre de los ojos desorbitados.

—¡Párate! —le grita.

Salimos corriendo a tiempo de ver al hombre desplomarse en la calle. La gente alrededor se mantiene apartada viendo como el policía le pega en la cabeza al hombre, que no se mueve.

—Ese policía no tenía que golpearlo —digo, nerviosa.

—Seguro hizo algo malo —dice Carmen.

—Quiero irme a mi casa —dice Norma.

Pasa un patrullero. La gente contempla a los policías llevarse al hombre a rastras, luego siguen caminando como si no hubiera pasado nada.

—¡No tenían que haberle golpeado la cabeza si ya estaba en el piso! —insisto.

—¡A lo mejor estaba en contra de la Revolución! —dice Carmen.

—Quiero irme a mi casa —repite Norma.

Escuchamos unos tambores y cantos en la distancia.

—Vamos a ver qué es —digo, intentando cambiar el tema.

Seguimos a unos turistas canadienses con rostros pasmados y nos topamos con una reunión de negros. Las mujeres bailan vestidas con sayas amplias y pañuelos coloridos, y agitan hierbas fragantes sobre sus cabezas. Los hombres están vestidos de blanco y chupan sus tabacos haciendo enormes nubes de humo.

—¿Tú crees que debamos acercarnos? —pregunta Norma.

—¿Por qué no? —digo—. ¡Todos esos turistas están mirando! ¿Por qué no podemos hacer lo mismo?

—Porque... bueno, es santería... una religión de cosas que la gente cree en África... —dice Carmen.

—¿Y qué? ¡Religión es religión! —añado, sin saber por qué estoy tan molesta—. Además, ¡hay muchas cosas cristianas en la santería! Vamos.

Pero en eso llega la policía, y las hierbas de los santeros no pueden contra los palos de los policías, que los blanden y dejan caer sobre los brazos y piernas de la gente. Carmen, Norma y yo nos tomamos de las manos y salimos corriendo.

—¿Por qué la policía les impidió seguir bailando? —grito.

—No lo sé. Ahora la vida en Cuba es diferente —dice Carmen.

—¿Qué quieres decir? —pregunto—. ¿En qué es diferente?

—No lo sé —replica ella, enojada.

—Yo solo quiero irme a mi casa —dice Norma, jalándose el collar.

De repente estamos otra vez frente al cine, jadeantes y llenas de furia. Norma se jala el collar. Carmen contempla el vacío. Por primera vez no se nos ocurre qué decir.

Noticias

—¡Mami, mira! —grito, casi sin aliento.

—¿Qué ocurre? —pregunta mi madre, entrando a la habitación.

—¿Qué es eso? ¿Qué está pasando? —Señalo las imágenes de gente ensangrentada en el televisor.

Mi madre abre mucho los ojos, impresionada.

—¡Apágalo! —dice.

Pero no quiero apagarlo. Quiero ver las imágenes de la mujer vestida de blanco con la cabeza ensangrentada. Quiero ver al hombre que sé que está muerto porque está tendido en el suelo con un periódico sobre el rostro. Quiero ver el muro cubierto de sangre de la gente que han ejecutado... pero mami apaga el televisor.

—¿Qué significa toda esa violencia? —pregunta mami en el instante en que mi padre entra por la puerta.

—Cálmate, Lydia. Cálmate —dice papi—. Esos son casos aislados. Algunos rebeldes demasiado entusiastas tal vez, actuando por cuenta propia. No lo sé. Trata de calmarte. Sácatelo de la cabeza.

Mi madre frunce los labios y se va a la cocina, donde comienza a hacer ruido de cazuelas y sartenes para preparar la comida.

ANA

—No te preocupes, mija —me dice papi, dándome golpecitos en la rodilla.

—Pero ¿por qué está pasando esto, papi?

Él respira hondo y retiene el aliento por un instante.

—No lo sé —dice, dejando escapar el aire.

Lo miro fijo. Mi cara parece un puño amenazante.

—Confía en mí, todo va a salir bien. Sácatelo de la cabeza —dice.

Pero no puedo sacarme de la cabeza las imágenes de la televisión. La mujer del vestido blanco ensangrentado, el hombre muerto con el periódico sobre el rostro, el muro ensangrentado contra el que fusilan a la gente. Ni siquiera puedo olvidar lo que Carmen, Norma y yo vimos cuando el cine estaba cerrado: el hombre al que golpeaban sobre el asfalto, los negros golpeados por practicar santería.

Mi padre fuerza una sonrisa.

—Piensa en el nuevo gobierno como un cachumbambé que trata de equilibrarse —dice—. Va a ir de un extremo al otro antes de ajustarse. No te preocupes, que estos... incidentes... acabarán pronto.

Pero no acaban. Los vemos en la television y en los periódicos, como chispas que se encienden, se apagan y luego vuelven a encenderse. Día tras día, hasta que parece algo normal.

La nueva normalidad.

Es horrible pensar en todas las cosas a las que uno puede acostumbrarse.

Explosión

Frutas, naranjas dulces...

Estoy en el Parque Central con mi padre. Escucho al frutero pregonar en la distancia mientras caminamos en dirección del camión de helado. De repente... ¡buum! ¡Una explosión! La plaza se llena de un olor acre y del cielo caen flotando volantes como una manta de plumas.

Papi me cubre la cabeza con el brazo y me hala para que nos agachemos. En el suelo veo pies con chancletas, zapatos y tacones en estampida, dando vueltas de acá para allá. El frutero y su nieto tienen más cosas de qué preocuparse: el carrito de las frutas, las naranjas y la tos del viejo.

Llega la policía. Nos alejan del camión a empujones y examinan el área.

—¡Fue el camión de helado el que explotó! —anuncian pomposamente, como si no lo supiéramos ya, ¡como si no hubiéramos estado ahí!

Hablan entre sí, señalando el edificio del que provienen los volantes, mientras intentan recogerlos todos antes de que alguien los lea. Me las arreglo para agarrar uno; mi padre me lo quita, lo lee, lo dobla y se lo guarda en el bolsillo.

—Esto es obra de los contrarrevolucionaros —susurra—. ¡Gente que está contra Fidel! Esto es malo.

ANA

Por el rabillo del ojo veo que el viejo frutero entierra el rostro en el recodo del brazo, tosiendo... el humo es demasiado para él. Su nieto lo sostiene, como si el viejo fuera un bebé, aguantándolo con una mano mientras intenta equilibrar el carrito con la otra. Pero entonces el viejo trata de ayudarlo, estirándose para alcanzar las naranjas que han salido rodando... y entonces sobreviene el desastre en cámara lenta. El viejo se estira demasiado y cae al piso. El muchacho lo suelta todo para ayudar al abuelo y ve que el carrito choca con un banco y las naranjas ruedan por todas partes.

El miedo y la rabia que habían estado al acecho en un rincón de mi alma explotan finalmente.

—¿No puedes simplemente decirle a Fidel que haga algo para parar esto? Los camiones no deberían explotar en el parque donde la gente compra helado y vende naranjas.

—¿Qué? —Mi padre luce aturdido, confundido.

—Papi, ¡¿oíste lo que te dije?!

—Cálmate.

—No puedo calmarme, papi... ¿Por qué a un hombre lo siguen golpeando en la cabeza cuando está en el suelo? Y ¿por qué las personas no pueden practicar santería si les da la gana, como siempre lo han hecho, sin que los empujen y los dispersen? —Comienzo a llorar.

Papi me aprieta contra su pecho. Los ojos se le llenan de pena y preocupación, con arrugas más profundas y ojeras más oscuras que las que yo pueda dibujar.

—Papi, ¿qué le pasó a la mujer del vestido blanco ensangrentado que vimos en la televisión? ¿O al hombre tirado en la calle con el rostro cubierto por un periódico? ¿Por qué están fusilando a la gente contra los muros? ¿Se suponía que fuera así? ¿Es esto lo que pensaste que sucedería después de la Revolución?

Me aparto y veo que su rostro pasa de la preocupación a la resolución.

—¡Vamos! —dice.

Ya en casa, papi camina de un lado a otro de la habitación, ¡diciéndole a mami que va a hacer entrar en razón a sus compañeros! Ella hace café, yo le afilo los lápices y él escribe un borrador tras otro de ideas para mandar a los periódicos.

Mami le pregunta si decir lo que piensa no le traerá problemas.

—¿Por qué habría de traerte problemas? —pregunto antes de que él pueda responder—. ¿Por qué habría de traerte problemas?

—Por supuesto que no me va a traer problemas —me tranquiliza él—. Esto no es una dictadura. ¡Publicar mi opinión en los periódicos no hará que me maten en esta nueva Cuba!

Se las arregla para sonreír, pero yo siento que se avecina una tormenta.

El arresto de papi

Días más tarde, una persiana golpea incesantemente, anunciando la llegada de la tormenta.

—¡Cierra esa persiana! —grita mami desde la cocina.

Pero no es la persiana la que hace el ruido. Es alguien que golpea a la puerta. A Chispa se le eriza el lomo. Cuando papi va a abrir, dos policías entran junto con el temporal. ¡Uno de ellos es su amigo Antonio, el de la verruga en la nariz!

—¡Rafael Andino, estás arrestado! —dice Antonio, señalando a mi padre con el dedo.

—¿Antonio? ¿Esto es una broma? —dice mi padre.

—Lo siento, Rafael. No es una broma —dice Antonio—. ¡Estás arrestado!

El otro policía observa la escena con atención.

—¡Antonio, estás hablando conmigo! Tu compañero. Peleamos juntos...

—Lo sé, Rafael. —Entonces Antonio Nariz de Verruga intenta llevarlo aparte, susurrándole con urgencia—. Peleamos juntos, sí. Peleamos por la Revolución. Peleamos por Fidel... pero tú has cambiado. Te pusiste a escribir esos artículos. La gente anda diciendo que eres antifidelista.

—Pero eso es ridículo. No estoy contra Fidel —dice mi

padre—. Solo quiero llamar la atención sobre algunos problemas. ¡Eso es todo!

Antonio se inclina sobre mi padre.

—Pero ¿mandar esos artículos a los periódicos? —le advierte con dureza—. ¿Estás loco? Vamos.

—¡No! ¡Esperen! No se lo lleven —grito.

¿Cómo puedo perder a mi padre otra vez si siento que acabo de conocerlo?

Papi se inclina sobre mí y me abraza fuerte. Mami se acerca y nos echa los brazos encima a los dos.

—Rafael...

—No queremos que te vayas —lloro.

—Tengo una tarea para ti —me dice papi, incorporándose de repente—. Quiero que ayudes a tu madre.

Ella se derrenga en sus brazos, aunque él trata de levantarla.

—Pero, pero dijiste... —tartamudeo, intentando recordar sus palabras—. Dijiste que la Revolución era para acabar con la dictadura...

—¡Ahora se trata de ayudar a tu madre y a la familia hasta que yo regrese! —me dice cortante. Luego le susurra algo a mami al oído.

Ella lo mira con cara de pánico.

—No... —le dice—. ¡Cómo podría!

—Tienes que hacerlo —insiste él. Luego se voltea hacia mí mientras Antonio lo empuja en dirección a la puerta—. ¡Ana, cuento contigo!

¡Mueve las orejas mirándome! ¡Cómo puede mover las orejas en un momento como este! ¿Acaso piensa que soy la misma chiquilla que dejó atrás cuando fue a luchar por la Revolución?

No lo soy. Mi madre se derrumba contra la puerta. Yo agarro el teléfono y llamo a mi abuela.

—Toma —le digo a mami ofreciéndole el auricular—. Habla con abuela. ¡Díselo! ¡Tienes que decirle!

Ella pestañea, toma el teléfono y se jala el pelo, nerviosa, mientras yo escucho una parte de la conversación. Casi puedo escuchar a mi abuela gritando al otro lado de la línea.

—La familia vendrá mañana —dice mami, colgando finalmente. Luego hace café y se le olvida tomárselo—. Tu padre estará de vuelta en un abrir y cerrar de ojos —dice.

Boto el café frío y friego la taza. Mami se va a su habitación toda alicaída. Tal parece que sus sollozos son lo único que la sostiene. Chispa y yo la seguimos mientras los sollozos se van apagando y ella se derrumba sobre la cama. Le quito los zapatos y la tapo con la colcha finita.

Me siento mucho más vieja que ayer.

Secretos

Llevo el peso del arresto de papi en el corazón, pero tengo que contárselo a alguien.

—¿Qué? —resopla Carmen—. Pero ¡tu padre fue rebelde! ¿Cómo pueden arrestarlo los rebeldes? ¿Cómo puede ser?

—Sí, ¿cómo puede ser? —dice Norma.

Sor Michelle Unipecho nos interrumpe con más noticias alarmantes.

—Lizzette no va a volver a la escuela —dice—. Su familia se va para Miami.

—Fidel le quitó la fábrica de perfume a su papá. ¡Lo vi ayer en la televisión! Su familia se irá en cuanto pueda —susurra Norma.

Lanzo un suspiro tan alto que sor Michelle cree que dije algo y me atraviesa con la mirada.

—¡Ana, no se habla en la capilla! —dice—. Aprovechemos la ocasión para rezar por la familia de Lizzette. —Nos arrodillamos.

—Pienso que ir a Miami no es tan malo como ir a la cárcel. —dice Carmen, persignándose—. Pero ser arrestado no puede ser nada bueno, quiero decir... ya ni sé lo que quiero decir...

Estamos tan inmersas en nuestros pensamientos que no notamos que ha acabado la oración hasta que sor Michelle lo dice.

ANA

—¡Ana! ¡Norma! ¡Carmen! ¡La clase acabó hace dos minutos!

Más tarde, Norma espera a que estemos solas para ponerme algo en la mano.

—Toma. No dejes que Carmen lo vea...

—¿Qué? ¿Por qué? —Entonces miro. Es el collar con el dije de corazón de Norma—. ¿Qué...? ¿Por qué me das esto? —le pregunto.

—Nos vamos a Miami también —susurra ella.

—¿Qué?

—Mi padre tiene miedo de que lo arresten.

—¡Pero él es caricaturista! —digo.

—Para el periódico equivocado —dice Norma—. Quiero que tengas mi collar para que me recuerdes —añade, cerrándome la mano sobre el frío corazón de metal.

Caminamos como sonámbulas el resto del día.

—¿Liberaron a papi? —le pregunto a mi madre en cuanto viene a recogerme, pero veo que tiene el rostro pálido.

—No, pero fui a visitarlo y él estaba jugando a las cartas con ese... ese...

—¿Quién?

—¡Ese Antonio de la verruga en la nariz que vino a arrestarlo!

—¡Cómo!

—Tu padre *aún* cree que Antonio es su compañero. ¡Aún tiene esperanzas de que las cosas se arreglen!

Siento como si mi madre y yo estuviésemos metidas dentro de un globo de nieve que está bocabajo.

Frutero

Hay gente extraña en mi casa. Una mujer, un hombre y una niñita. El hombre tiene una nuez de Adán muy pronunciada. A la mujer le faltan algunas muelas. La niña es más chiquita que yo, y tiene la piel tostada por el sol y el pelo largo con puntas doradas.

—Fidel les dio a los campesinos la tierra en la que trabajan —dice mami, solemne, poniéndose de pie—. Esta familia vino a quedarse con nosotros para celebrarlo.

Nos presenta. La niña se llama Zulema y no me quita los ojos de encima.

—Siéntense y coman —dice mi madre, con una sonrisa que parece a punto de quebrarse.

Comemos. Al ver que las manos del hombre están tan hinchadas que a duras penas puede sostener la cuchara con la que prefiere comer, pienso que este es el tipo de gente de la que hablaba mi padre.

—¿Por qué no le muestras tu cuarto a Zulema? —dice mami cuando terminamos de comer.

Zulema se queda mirando todo.

—Tienes montones de libros —dice, tocándolos con suavidad.

—Me gusta leer —le digo—. ¿A ti no?

Su expresión me dice que no sabe leer. Ahora sé que este es el tipo de gente de la que hablaba papi. La miro con detenimiento para ver si la gente que no sabe leer es diferente, si tiene los ojos débiles, pero los ojos de esta niña son lo opuesto a lo débil. Más tarde, tras acomodarnos para dormir, me quedo en vela pensando en todas las cosas que mi padre dijo sobre los guajiros.

¡Frutas, naranjas dulces!

Escucho el familiar pregón justo cuando mami y yo vemos a un viejo amigo de la familia y a su nieto, Miguel. Están parados junto a un frutero lo suficientemente valiente como para intentar vender fruta en una esquina de esta enorme plaza bajo un sol que derrite los sesos. Al acercarnos, reparo en que se trata del mismo frutero y su nieto sobre los cuales mi padre me llamó una vez la atención, ¡los mismos que vimos cuando explotó el camión de helado! ¿Se acordarán de mí o para ellos todos nos parecemos?

—Don Reyes... —dice mi madre, pero enseguida rectifica—: Quiero decir, compañero Reyes. ¿Cómo está?

—Llámeme don Reyes, como siempre lo ha hecho —dice el hombre, poniendo los acuosos ojos azules en blanco en señal de que no está a favor de la Revolución ni de que lo llamen "compañero"—. Miguel y yo estamos bien —añade inexpresivamente.

—Hola —dice Miguel, masticando algo que reluce a un costado de su boca.

Nunca me ha gustado su aspecto apocado ni el modo en que embute comida en su cara rechoncha. Lo saludo con un gesto, pero me vuelvo hacia el nieto del frutero mientras la voz de Fidel llena la plaza.

—Hola —le digo.

—¿Qué tal? —responde él.

—Estabas en el parque cuando explotó el camión de helado, y antes, un día en que mi padre y yo les compramos fruta —añado.

—Me acuerdo —dice él y me sonríe—. ¡Eras la del *jeep* lleno de agujeros de bala! ¡Me llamo Juan!

Tiene los ojos tan penetrantes como Zulema.

—Yo soy Ana —digo.

Pero entonces Zulema nos interrumpe.

—Nunca antes había visto tanta gente en un solo lugar —dice.

En eso aparece Carmen, con una boina como la de Fidel Castro.

—¿Dónde está el tabaco? —le pregunto.

—¡Ja! ¡Ja! Muy graciosa —dice, mirando hacia Fidel en la distancia con expresión enamorada—. Él es tan inteligente, ¿no crees?

Mi madre me mira. Tenemos miedo de estar públicamente de acuerdo o en desacuerdo con alguien sobre Fidel Castro.

—¿Qué les parece si compro naranjas para todos? —dice, cambiando el tema.

La voz de Fidel llena la plaza mientras pelamos la fruta. Carmen aplaude todo lo que él dice. El gordo Miguel de ojos claros se sumerje en la fruta. Zulema entrecierra los ojos y escucha con atención. Juan, con sus fuertes y largas piernas morenas, mira con cautela contando el dinero que han ganado en el día. Y luego estoy yo, Ana. Ana: la que tiene el padre en la cárcel.

Nos comemos las naranjas mientras Fidel Castro se desgañita en el micrófono. De repente, se hace una onda en medio del gentío. Todos alzamos la vista. Una paloma blanca revolotea sobre la cabeza de Fidel y, súbitamente, y tal vez porque el sol nos encandila, ¡nos parece que la paloma le caga la cabeza a

ANA

Fidel Castro! ¿Es eso posible? ¿Fue eso lo que vimos?

¡Entonces empezamos a reír todos al unísono, como amigos que siempre se han reído juntos cuando un pájaro le caga la cabeza a Fidel Castro!

Cuando llega el momento de que Zulema se vaya a su casa hago una buena obra: le doy un libro de cuentos de hadas para que pueda leerlo algún día. Así mi padre no habrá ido a la cárcel en vano.

Muerte

—El colegio va a cerrar —dice Carmen a la hora del recreo—. ¡Hoy es el último día! Sor Michelle dijo que...

—Sé lo que dijo.—exclamo enojada. Sor Michelle había hecho el anuncio esa mañana. Su rostro adusto tenía una expresión tan triste que pedí perdón por decirle sor Unipecho. No más colegio, y Norma, cuyo tono alegre siempre me sacaba de quicio, está lejos de aquí. Ahora solo me queda Carmen—. Sé lo que dijo sor Michelle —repito—. Estaba en el aula cuando lo dijo.

—¿Por qué estás tan molesta? Sabías que esto iba a pasar —dice Carmen, como si ella fuese la más lista del aula—. Todos los colegios católicos de la ciudad están cerrando. Fidel dice que la religión engaña a la gente...

—Ay, cállate ya con lo de Fidel —le digo, sintiendo que la rabia en mi interior hace erupción—. Metieron a mi padre en la cárcel, ¿recuerdas?

De repente me molestan hasta las bonitas uñas rosadas de Carmen.

—Mira, no quería decirte esto —dice Carmen, mirándome fijo—. Tú sabes que soy tu amiga. Pero tal vez tu padre hizo algo malo.

—¿Algo malo? ¿Que hizo algo *malo*?

—O cometió un error, algún tipo de error.

—¿Un error? ¿Un error? Voy a decirte quién cometió el error: ellos. Por arrestarlo. Mi padre peleó por la Revolución. ¿Te acuerdas de su *jeep*? ¿El de los dieciocho agujeros de bala?

—Solo estaba diciendo lo que pienso... —dice—. No tienes que molestarte tanto. ¡Has cambiado!

—Tú también —le contesto.

Su madre llega y Carmen está a punto de montarse en el carro amarillo cuando aparece el carro de mi tío detrás.

—¿Ese no es tu tío? —dice Carmen—. Él nunca te ha venido a buscar.

El miedo repentino que me recorre el espinazo me impide abofetearla. Aprieto el collar de Norma en el puño con la esperanza de que me caliente el corazón, pero permanece frío. Carmen me mira con pena. Su mirada me revuelve el estómago, pero de algún modo sé que ha ocurrido algo horrible. El motor del carro ronronea a la espera. Me libero de la mirada de Carmen y corro. Sin embargo, una vez en el carro no obtengo respuestas de mi tío. Sus labios están sellados. Tiene los ojos abiertos, pero su expresión me impide mirarlos.

—Tu madre te necesita —susurra ásperamente.

Ha ocurrido algo atroz. Aprieto los dientes durante todo el camino hasta llegar a la casa, donde encuentro a mi abuela con la boca abierta en un gemido, con lágrimas que le corren como ríos por sus mejillas empolvadas. Mami está sentada junto a ella con el rostro de piedra, como una estatua del parque.

—Tu padre está muerto —me dice, volviéndose hacia mí—. Le dio un paro cardiaco.

Antes de que yo pueda reaccionar, se deshace en llanto, una avalancha tan violenta que me le acerco y le sostengo el mentón, atrapando, casi, los trozos de su pena. Ella hunde la barbilla en el pecho y sigue llorando. Entonces mi abuela agarra a Chispa y entierra el rostro lloroso en el costado de la perra como si Chispa fuera una almohada, y luego ambas se derrumban sobre nosotras, y el prendedor de imitación diamante de abuela me araña el cráneo. Levanto un brazo para poder respirar, mientras con el otro la aprieto contra nosotras. Mis tías y tíos también se unen al abrazo.

—Me ahogo, me ahogo. —Intento tomar aire, y salgo de debajo de la pila. Subo corriendo a mi cuarto con Chispa, que marca con sus ladridos los golpes que le doy a la almohada.

La noticia corre como la pólvora, rauda, o lenta, no sé, pero pronto la casa se llena de gente. Vienen hasta Miguel, sus padres y su abuelo, don Reyes, el de los ojos húmedos decrépitos.

Hay un cura. Sor Michelle está aquí.

—Cogió un virus en el corazón peleando en las montañas —dicen los susurros—. Le empeoró en la cárcel.

—Por eso no subía de peso.

—Por eso murió de un paro cardiaco.

—El estrés fue demasiado para Rafael.

—Lo que está pasando en Cuba le rompió el corazón.

Nadie puede comer bocado, excepto Miguel, cuyo pelo rubio le cae sobre el rostro rechoncho mientras se rellena los cachetes.

—¿Cómo puedes comer? —le digo con repugnancia.

Me mira desconcertado y con el rostro abatido, pero no me importa. Todo el mundo se pone de rodillas y reza por mi padre. Yo, sin embargo, me voy a mi cuarto y me dejo caer en la cama, me aguanto la barriga y me mezo en el lugar hasta que necesito tomar aire y voy hasta la ventana.

Es entonces que reparo por primera vez en un carro negro parqueado afuera, con las luces encendidas.

Armas

Día tras día, la familia se la pasa en la ventana, vigilando el carro negro, que es como un insulto a nuestra desgracia, nuestro duelo, nuestra pena... ¡hasta que una mañana dos hombres reptan fuera del carro y se acercan a la puerta! Uno de ellos es Antonio Nariz de Verruga.

—¡Las armas! ¿Dónde están las armas? —dice Antonio.

—Antonio, ¿de qué hablas? ¿No has hecho ya suficiente? —le ruega mami.

—¿Qué significa esto? —exclama mi abuela—. ¡Aquí no hay armas!

Antonio le hace una seña al otro policía, que sube la escalera. Yo corro tras él. Mis tías y tíos corren detrás. ¿Para qué? ¿Para detenerlo? No: para quedarse de pie como inútiles mientras yo contemplo al hombre registrar mi cómoda y el clóset de mami.

—¡Deténgase! —grito—. ¡Esas son nuestras cosas!

El policía se me queda mirando.

—¡Ustedes no poseen nada! ¡Todo pertenece al estado! —Nos empuja fuera del cuarto—. No hay armas arriba —le anuncia a Antonio Nariz de Verruga.

—Aquí no hay armas en ninguna parte —les dice mami con voz débil.

Aun así, registran el resto de la casa antes de reptar de vuelta al carro y marcharse. Pero antes de que podamos respirar aliviados o consolarnos, aparece otro carro por la esquina, a vigilarnos.

—Es hora de irse de Cuba —dice mami, solemne.

—¿Qué? —dice abuela.

—No pueden irse de Cuba —añaden mis tías y tíos—. Lo van a perder todo.

—No me importa —dice mami—. Esto es una señal, el que vengan buscando armas, esos carros vigilándonos... ¡Es hora de que ustedes, Ana y yo nos vayamos!

—¿Por qué tenemos que irnos por causa de ellos? —dice abuela—. Para ellos, *todo el mundo* tiene armas; ¡nos vigilan a todos!

—No solo por eso —dice mami—, sino porque así lo quería Rafael.

—¿Cuándo dijo eso? —pregunta la familia.

—Cada vez que iba a visitarlo a la cárcel —dice mami—. Incluso el día en que se lo llevaron.

—Pero papi me dijo que las cosas se arreglarían... —digo débilmente.

—¿Qué otra cosa iba a decir? —dice mami, tajante.

Lo punzante de sus palabras me hace retroceder. Abuela interviene.

—No puedo irme de Cuba. ¡Mi hijo está enterrado aquí! —gime, inclinándose sobre Chispa, dejando que mi perra absorba sus lágrimas.

—¿Cuándo regresaríamos? —pregunto.

—¿Eh?

—Dije que cuándo regresaríamos.

Mi madre se retuerce como un pez fuera del agua.

—Bueno... supongo que... —Se detiene y se atasca como un carro que no arranca—. No... lo sé... Quiero decir... No tengo idea. —El aire se vuelve tan pesado que ella lanza un rayo de esperanza para aligerarlo—. Quiero decir, seguramente los Estados Unidos van a intervenir, y entonces podremos volver... No lo sé... Lo que sé es que mientras ese carro esté allá afuera vigilándonos tenemos que irnos de Cuba.

Abuela solloza abrazada a Chispa y nos quedamos un instante en esa posición entre tomar el aire y soltarlo. O más bien en el momento en que se salta de un trampolín, o el momento en que uno se despierta con un suspiro y reza para que la pesadilla no sea verdad. Nos quedamos en silencio esperando que las cosas mejoren y con la certeza de que nada volverá a ser igual.

Las cosas *no* mejoraron como decía mi padre. Me mintió. O estaba engañado.

Empacando a Chispa

Tengo la boca seca y las axilas sudadas. Mi incansable corazón no para de latir en el hueco del pecho. El estómago me ruge de hambre, pero no tengo ganas de comer. Sin embargo, siento que estoy lenta, floja, desganada, mientras decido qué llevarme, qué dejar, qué guardar, qué empacar.

Es fácil: nada. El gobierno solo permite que saquemos dos mudas de ropa del país. No me importa; solo me importan mis dibujos... y Chispa.

Ayudo a mami a zafar la costura de su chaqueta para esconder joyas.

—¿Tú crees que Chispa quepa en esa costura? —Me porto como una fresca y una malcriada.

Mami se echa para atrás cansada y me toma la mano.

—Mija, lo siento mucho. Ni siquiera me había detenido a pensar en Chispa. Tiene que quedarse, por supuesto, pero debes saber que ella estará bien con la familia. De ese modo, siempre estará con nosotros. Siempre tendremos familia en Cuba, y Chispa es parte de esa familia.

Escucho su tonto parloteo al estilo de los de papi, pero al menos no me dice que todo va a mejorar como él. Y, de todos modos, ya lo veía venir. Soy capaz de ver lo que tengo delante, aunque mi padre no lo veía. Me resigno a la idea de dejar a

Chispa en Cuba como mismo me resigno a que el aceite de ricino me baje por la garganta cuando estoy enferma.

A la espera de que lleguen nuestros papeles mis ideas revolotean como moscas sobre el agua estancada. ¿Regresará sor Michelle a Francia? ¿Qué piensa Miguel además de embutirse de croquetas? ¿Están esa guajirita, Zulema, y su familia contentos con lo que está pasando? ¿Sigue Juan el frutero vendiendo naranjas? ¿Y qué hay de Norma y Carmen, las amigas que he perdido por culpa de esta estúpida Revolución?

Pienso en las cosas que dejo atrás. ¿Regresaré alguna vez a buscar mi enciclopedia, mi ropa, incluido el disfraz de payaso que usé en la fiesta de cumpeaños de Carmen? Me pregunto si Carmen se hará maestra y nunca se casará tal como juró aquel día en el pícnic. Pensar en Carmen despierta la rabia que siento por ella. ¿Cuándo dejamos de ser amigas? ¿Cuando murió mi padre? ¿O cuando ella vio a Cuba de un modo, y yo, de otro?

De pronto tengo ganas de romper con ella. Agarro papel y lápiz.

Querida Carmen:

Para cuando leas esto ya me habré ido. Debes comprender, con papi muerto no podemos seguir en Cuba. No podemos quedarnos en un lugar que adora a Fidel Castro. No sé cómo dejamos que las ideas de un político estúpido se interpusieran entre nosotras, pero así fue.

Escribo una última oración.

> Espero que encuentres algo bueno en este país. Por ahora, yo no lo encuentro. Tu examiga, Ana

Enviaré la carta desde el aeropuerto, de modo que ella la reciba después de que me haya ido.

Que se vaya al diablo.

Adiós, Chispa

El día de nuestra partida es corto y confuso. Mami va de quemar el café a hacer frituras. Le da una vela a una tía o un mantel de encaje a un tío, y enseguida quiere que se los devuelvan. Mis tías y tíos dan vueltas por todas partes, tropezando unos con otros.

Pongo mis libros, mi ropa y algunos juegos en una caja y le digo a una de mis tías que se los dé a los niños pobres. Hago una caja especial para Chispa, y dentro pongo una blusa que he usado muchas veces, de modo que huele a mí; mi saya del colegio y algunas galleticas para perros. Así Chispa puede oler mi blusa, dormir sobre la saya y pensar en mí y en la comida.

Entonces pienso en un modo de llevarme a Chispa conmigo. Cojo una hoja de papel en blanco y pintura, le pinto las patas y plasmo sus huellas en el papel. Ella gime, confundida.

—No pasa nada, Chispa —digo, intentando consolarla—. Todo está bien. —Entonces me pregunto si acaso le estoy mintiendo como me mintió mi padre.

Abuela sale del baño con la saya metida en el enorme blúmer blanco. La parte posterior de sus piernas tiene montones de hoyitos.

—Qué cómico —dice, arreglándose la saya, pero ¡de repente se deja caer en una silla y llama a Chispa! La perra corre hasta ella antes de que pueda impedírselo. Demasiado tarde. Chispa deja sus huellas de pintura por toda la blusa blanca de abuela; pero ella ni se da cuenta, pues entierra el rostro en la barriga de la perra y llora—. La verdad es que no sé. —No se da cuenta de que la blusa está quedando hecha un guiñapo y yo no digo ni pío. Tal vez no le importe. Tal vez yo tampoco sepa qué cosa me importa.

—Estarás bien —dice uno de mis tíos, también ignorando las huellas en la blusa de abuela.

—Es hora de irse —dice una de mis tías.

Finalmente, abuela, mami y yo tenemos que despedirnos de Chispa. Intento limpiarle las patas, preguntándome para qué, y luego la aprieto contra mi pecho y dejo que mis lágrimas caigan sobre su cabeza.

—Ven, Chispa —dice una tía, arrancándomela de los brazos—. Te quedarás en la casa hasta que volvamos. Ahora vas a vivir conmigo —dice.

—¿Contigo? —dice uno de mis tíos, sorprendido—. ¡Pensé que yo me iba a quedar con Chispa!

Mi tía, con el rostro endurecido por la pena, mete a Chispa en la casa y cierra de un portazo.

—Yo me quedo con ella —dice—. A la vuelta del aeropuerto la recojo y la llevo para mi casa.

Mami trata de cerrar con llave, pero le tiembla la mano.

—Yo lo hago —le digo, quitándole las llaves de la mano y guardándomelas en el bolsillo. ¿Para qué mi madre intenta cerrar la casa con llave? Cuando nos vayamos, le pertenecerá a Cuba.

Nos montamos en los carros. Estoy segura de que oigo a Chispa arañando la puerta con las patas, tratando de salir.

¡A mitad de camino rumbo al aeropuerto recuerdo que olvidé el papel con las huellas de sus patas!

Adioses

Las colas en el aeropuerto son largas y sinuosas como serpientes. Todos nos despedimos y lloramos. Pienso que a estas alturas Chispa debe tener las patas ensangrentadas de tanto arañar la puerta.

Finalmente mis parientes se van. Mientras avanzamos me pregunto a cuál de mis tíos querrá Chispa y si la caja que le hice será suficiente, pero miro atrás y noto que abuela no está con nosotras. Está parada como una estatua a lo lejos, con lágrimas que le dejan surcos en el maquillaje.

—Disculpe, señora, permiso —ruega la gente, esquivándola.

—Doña Belén, ¿qué pasa? —grita mami mientras nos abrimos paso hasta ella.

—No puedo irme —dice, llorosa—. No puedo dejar Cuba. Lo siento.

—Pero doña Belén... —Mami está atónita.

La gente forma un enjambre a nuestro alrededor.

—Estoy muy vieja para irme a un lugar nuevo. Cuba es lo único que he conocido.

—Pero su hijo quería que nos fuéramos —ruega mami.

Un bebé llora allá al fondo.

—No, él quería que *tú* y Ana se fueran —dice abuela—. Yo no puedo empezar de cero. Tú y Ana sí pueden.

—¿Hay algún problema? —pregunta un policía acercándose.

De repente ya sé qué hacer.

—No —digo firmemente, mirando a abuela a los ojos—. Tienes razón, abuela, tienes que volver y cuidar a Chispa.

—¿Cómo? ¿Qué?

—Sin ti ella se queda sola —digo despacio—. Mira, te dejó las huellas en la blusa.

Abuela se mira la blusa.

—¿Y esto cómo pasó?

—¡Eso no importa! ¡Ella te necesita! —Me saco las llaves del bolsillo. La carta que le escribí a Carmen cae al piso. La recojo y envuelvo con ella las llaves—. Las vas a necesitar cuando regreses a cuidar a Chispa —le digo, poniéndole las llaves y la carta en las manos—. Y mándale esta carta a mi amiga Carmen.

—Señora, por favor, camine —gritan los pasajeros a nuestras espaldas. El policía viene otra vez hacia donde estamos.

—Ana tiene razón, doña Belén —interviene mami finalmente.

El policía ya está sobre nosotras.

—¿Qué pasa aquí? ¡Muévanse! O...

Abuela se voltea hacia él.

—¿O qué? —le dice—. ¿O qué? —Parece que le va a arrancar la nariz de un mordisco—. ¿Qué pueden hacerme que ya no me hayan hecho? ¿Qué pueden hacerme ahora que ya mi hijo no está? ¡Ahora nadie puede volver a hacerme daño!

—Por favor, señora —dice alguien a sus espaldas—. No es momento para una telenovela.

—¿En serio? Este es el momento perfecto para una telenovela —dice abuela con dramatismo—. ¡Me estoy despidiendo de mi nieta y de mi nuera! ¡Cállese la boca!

ANA

Todos retroceden. Abuela nos aprieta en un abrazo de despedida y luego se voltea hacia la muchedumbre.

—¡Apártense de mi camino! ¡Apártense antes de que los aparte con el bastón! ¡Tengo que irme a mi casa! ¡Tengo que *quedarme* en mi casa! ¡Tengo una perra que criar y un país en el que vivir! ¡Cuba! Donde pertenezco.

La vemos alejarse. Momentos después nos encontramos con el agente de aduanas, el "amigo" de papi, ¡Antonio Nariz de Verruga!

Distracción

—Mi padre me dio ese reloj —se queja un joven delante de nosotras en la cola—. ¿Por qué tengo que dárselo a usted? —Pero Antonio de todos modos le quita el reloj al muchacho.

Entonces nos ve.

—Señora... —dice Antonio Nariz de Verruga con voz débil.

—¡No me dirija la palabra! Cobarde —sisea mami.

Entonces reparo en el bulto que hacen las joyas en la costura de la chaqueta de mami. Antonio va a encontrarlas a menos que yo haga algo.

—¡No! —digo, aferrando el collar que me regaló Norma—. Espero que no vaya a quitarme este collar que me dio mi bisabuela. ¿No le basta con lo que nos ha hecho?

Él mira a mami.

—Mire, su marido tenía el corazón débil...

—¡Usted lo traicionó a pesar de que él le salvó la vida! —arremete mami contra el hombre.

Mi madre parece confundida, así que intervengo.

—Mami, no dejes que me quite el collar.

—Déjame echarle una ojeada a ese collar —me dice Antonio.

Se lo entrego con la esperanza de que lo coja y podamos seguir.

—Esto no vale nada —dice él, sopesando la prenda—. ¿Qué hay en esa maleta?

—¡Mis dibujos!

—Usted traicionó a mi marido —amenaza mami, con ganas de pelear.

Le doy la maleta al hombre. Él les echa un vistazo rápido a mis dibujos.

—Aquí no hay nada más que garabatos de niños —dice—. Continúen, por favor.

Mami y yo corremos a abordar el avión, y por primera vez me doy cuenta de que de aquí en adelante solo seremos nosotras dos.

Despegándome

Recupero el aliento en el avión. La aeromoza empieza a hablar en inglés.

—¡Mami, yo no sé hablar inglés! —digo, sintiendo que se avecina otra batalla.

—No te preocupes —dice mami—. En los Estados Unidos también hablan español. —Hace una pausa para mirar por la ventanilla.

Las dos dormitamos un poco hasta aterrizar en Nueva York. Me pregunto cómo será allá afuera, y lo descubro al minuto de poner un pie fuera del avión: es como hielo y metal.

En el aeropuerto buscan a un oficial de inmigración hispanohablante para que hable con mami. Luego se nos acerca una mujer en *overall*, con un abrigo enorme, pelo corto y sin maquillaje: es Mercedes, la prima de mami. Mami la abraza llorando.

—Hola, Ana —dice Mercedes, entregándonos unos abrigos que nos quedan demasiado grandes, y de repente me viene a la cabeza lo perdido que lucía papi con su ropa de paisano al volver de la Sierra.

El abrigo se me arrastra de camino hasta el carro, pero estoy demasiado cansada e indiferente como para remangarlo. Desde el asiento trasero del carro escucho a mami y a su prima hablar de lo rápido que Fidel Castro cambió de palo para rumba, y recuerdo cuando lo vimos en el desfile de la victoria, hace tanto tiempo.

Entonces lucía hermoso y fuerte como un caballo... ahora espero que alguien le dé un tabaco que le explote en la cara.

Vamos en el carro bordeando un río, y es como si el mundo se hubiera quedado sin color y solo quedaran el cielo y las nubes de un tono de gris pastoso. Los carros parecen estar pegados unos a otros cuando buscamos un lugar donde parquear, y no puedo evitar pensar en el escalofriante carro negro que rondaba nuestra casa en Cuba. Mercedes finalmente mete el carro en un espacio y nos conduce a un enorme y sucio edificio de ladrillos con patio interior.

—Vengan —dice Mercedes—. Vivo en un apartamento en el quinto piso. —Subimos. No estoy acostumbrada a subir escaleras... ni a que el aire caliente me golpee el rostro al entrar al apartamento—. La calefacción viene de los radiadores —dice Mercedes, señalando unos tanques metálicos pegados al piso. En Cuba hay calor en todas partes, pero aquí sale de unos tanques metálicos.

A la izquierda de la cocina están el baño y el cuarto. A la derecha, una salita diminuta con un sofá, una butaca y un televisor. De las paredes cuelgan cuadros de enormes remolinos y manchones grises y negros que se parecen a la rabia.

—¿Te gustan mis cuadros? —pregunta Mercedes.

Le respondo que sí, pero no estoy muy convencida.

Mami y yo vamos a compartir el cuarto que está al pasar la cocina, que Mercedes amuebló con una camita y un catre. Comemos mientras Mercedes habla de cómo es vivir junto a los puertorriqueños en Manhattan, y mami habla de Cuba. Mientras como, los párpados se me vuelven pesados y mami me acompaña hasta el catre en el cuarto. Entro en una especie de sopor y tengo sueños del color de los cuadros de Mercedes, soy un remolino en un cielo gris pastoso y no sé dónde voy a aterrizar.

Mami

¡Me despierto! ¿Dónde estoy? Habitación pequeña... mami aún duerme en una cama y yo estoy en un catre. Pestañeo, escucho ruidos: camiones, sirenas, luego un siseo... ¿Qué fue eso? ¿El radiador? En efecto.

Entonces recuerdo: dejamos Cuba, abuela, Chispa, tías, tíos, llegamos aquí... ¿adónde? Nueva York. Manhattan.

Suena el teléfono.

—Lydia —grita Mercedes desde la cocina—. ¡Llamada de Cuba!

Mami se mueve en la cama. ¡Yo corro hasta el teléfono! ¡Llamada de casa! ¡De Cuba!

—Toma, Ana, ve hablando con tu abuela hasta que venga tu mamá —dice Mercedes.

—¡Abue! ¿Cómo está Chispa? —le pregunto—. ¿La encontraste bien al llegar?

Su voz me tranquiliza. Dejo que me entre por los oídos y dé vueltas ahí dentro. Me dice que Chispa está bien, y puedo escuchar a mi perra ladrando en el fondo. Las lágrimas amenazan con salírseme.

—¡Voy a hacer una bolsita con tu saya vieja para sacar a pasear a Chispa en ella! —dice abuela—. Chispa se pondrá muy contenta porque así podrá olerte. Iremos juntas a todas partes.

ANA

Mami sale de la habitación, transformada. Está pálida y tiene una profunda arruga entre las cejas.

—Estoy tan cansada del viaje que apenas me pude levantar —dice al aire, tomando el auricular.

Ella y abuela hablan un rato, pero muy pronto se corta la llamada.

—Qué bueno que llamara enseguida —dice Mercedes—. ¿Café?

—Sí, gracias —dice mami, flotando hasta la sala para mirar por la ventana.

—Bueno —dice Mercedes, vertiendo leche caliente en una taza de café negro—. Les sugiero que se tomen unos días para acostumbrarse al lugar antes de inscribir a Ana en la escuela.

Mami contempla algo en la distancia.

—Hay un bosque ahí —dice—. Pensé que estábamos en la ciudad.

—Ah, eso es Inwood Park —dice Mercedes y continúa—: Te decía que probablemente quieran tomarse unos días para acostumbrarse al lugar antes de inscribir a Ana en la escuela.

—¿Qué? —La voz de mi madre parece salir de dentro de un sueño.

Me pregunto si se habrá quedado sorda.

—¿Mami? —susurro—. ¿No escuchas lo que te dice Mercedes?

—Por supuesto —dice ella de repente—. La escuela. Sí. Ana debe ir a la escuela.

—*Okay*, bueno, ahora tengo que irme al trabajo —dice Mercedes—. Aquí tienen una llave extra; no la pierdan y no le abran a nadie.

—Mami, vamos a dar un paseo después del desayuno —le digo en cuanto Mercedes se va.

—Ana, estoy exhausta. El viaje... casi no puedo ni mantener los ojos abiertos.

—Pero si te acabas de levantar...

—Mija, por favor, solo quiero echar un pestañazo por unos minutos. Mañana tendremos tiempo de sobra para hacer lo que haya que hacer —dice mi madre, y desaparece en el cuarto.

Pan. Leche. Mantequilla.

Al día siguiente, Mercedes está pintando.

—¿Por qué no te vistes, vas a la bodega y me compras una flauta de pan, una pinta de leche y una barra de mantequilla? —le dice a mami.

—¿Yo? —dice mami, abriendo exageradamente los ojos.

—Sí, voy contigo —añado rápidamente.

—Pero... —protesta mi madre.

—No te preocupes, en la bodega hablan español —dice Mercedes.

—Y yo recuerdo algo de inglés del colegio... vamos —digo antes de que mami cambie de idea. Mercedes nos da dinero y salimos.

En la bodega veo a una muchachita como de mi edad, flaquita y con el pelo negro rizado. ¡Por un instante creo que es Carmen! Sin embargo, al verle el rostro me doy cuenta de que, claro, no es ella. El rostro de esta muchachita es como si estuviera sujeto por una boquita apretada.

—Necesito una libra de bacalao —dice. Coge el pescado seco y se marcha.

Compro nuestras cosas y seguimos a la muchachita. Ella dobla a la izquierda en la esquina. Quiero saber a dónde va. Mi madre se retrasa, así que la apuro.

—¡Hija, deja ya de halarme!

Sin darme cuenta, las tres estamos ya frente al edificio. La muchachita usa sus llaves, empuja la puerta y se detiene, bloqueando la entrada.

—¿Ustedes me están siguiendo?

No entiendo lo que dice. Toco el timbre.

—¿Quién es? —sale la voz de Mercedes por el intercomunicador.

—Ana... —grito.

Mercedes nos deja entrar. La muchachita se relaja y las tres entramos.

—Bueno, me llamo Awilda —dice la muchachita—. ¡Aquí hay que tener cuidado, tú sabes!

Por el pasillo se escucha una guaracha cubana cuando ella abre su puerta del tercer piso.

—¡Awilda! ¡El bacalao! Ven a que te dé el dinero —grita alguien dentro.

La muchachita pone los ojos en blanco con dramatismo y levanta la bolsa con el bacalao. Entra al apartamento dando un portazo, pero es muy tarde: la música cubana se queda flotando en el pasillo sin nadie que la atrape.

Cambio

Llega el momento de que mami me inscriba en la escuela.

—Mami, levántate. Ya casi es hora de salir —trato de despertarla. Ella se da la vuelta como si no me reconociera—. Mami, ¿qué pasa? ¿Estás enferma? —Le pongo la mano en la frente. ¡Dios, por favor, no dejes que se enferme!

—Mija —dice, apartándome la mano—, estoy bien. Solo un poco cansada. —Y se acurruca más bajo la colcha.

Llamo a Mercedes, que viene y examina a mami.

—¿Qué le pasa? ¿Fiebre? —Mercedes me pone una mano en el hombro y dice, cautelosa—: Creo que está bien.

—Pero...

—Shhh... Yo te llevo a la escuela —me dice finalmente.

Caminamos en silencio hasta la Escuela Pública 189, cada una esperando que la otra hable.

Es Mercedes la que rompe el silencio.

—Tu mamá está bien —dice como quien no quiere la cosa—. Le va a tomar un tiempo acostumbrarse a esto aquí.

Ninguna de las dos vuelve a hablar hasta que llegamos a la escuela y vemos al director, el Sr. Simensky.

—¡Bienvenida! —me dice el hombre. Sobre el buró tiene dos banderas americanas. Pienso en la cantidad de crucifijos que había en mi colegio en Cuba, pero aquí lo que hay son banderas americanas.

Mercedes traduce y luego se voltea hacia mí.

—No te preocupes —dice—. Vas a aprender inglés enseguida. ¡Yo aprendí! Te recojo a las tres. —Se marcha y a mí me llevan a un aula.

—Hola —dice la maestra, que es joven y risueña. No tiene pinta de monja. El suéter de cuello de tortuga sin mangas le acentúa los senos. No cabe duda de que tiene dos.

Todo el mundo me mira.

—¡Esta es Ana, y es de Cuba! —dice la maestra, poniéndome una mano en el hombro.

Nadie habla por largo rato, hasta que escucho una voz conocida.

—¡Yo la conozco, ella vive en mi edificio! ¡Hola, Ana! —Es Awilda—. ¡Ana es mi amiga!

Sus palabras son mágicas. De repente, todos me conocen también, y al final de la clase me veo rodeada de rostros curiosos. Pongo la mente en blanco y dejo que los amigos de Awilda me lleven a su mundo.

Madre

Le hablo en susurros a mi madre mientras ella pasa los días durmiendo. Le cuento que Awilda me enseña la escuela. Y que siempre me presenta diciendo: "Esta es mi amiga Ana. Es cubana y le estoy enseñando el barrio". Le cuento a mi madre que el comedor, el gimnasio y la biblioteca huelen todos a patas de gallina hervidas durante horas. Le describo cómo se visten los muchachos, porque no usamos uniformes, y lo diferente que es ir a un colegio con varones. Mami nunca dice mucho, ni siquiera las pocas veces que se levanta.

En la escuela ya comienzo a entender la mezcla de inglés y español que habla Awilda, lo suficiente como para sentarme a la hora del almuerzo con sus amigas: Tiffany Santiago, Milagros Pacheco y Urania Chery. Tiffany y Milagros son puertorriqueñas, y Urania es dominicana.

—Me gusta *your hair* —dice Tiffany.

—Y tienes ojos bonitos —dice Milagros sin darme tiempo a contestar.

—¿Usas ajustador? —pregunta Urania.

La última pregunta me deja pensando.

—¿Ajustador? No creo que lo necesite todavía —digo.

—Eso no importa —dice Tiffany—. No tienes que *necesitarlo*.

Puedes conseguirte uno y hacer creer a los demás que lo necesitas.

Recuerdo cuánto Carmen y yo nos burlábamos del pecho único de sor Michelle...

—Dejas que se vean los tirantes para que todos piensen que te están creciendo —continúa Tiffany.

—¿A qué escuela ibas en Cuba? —pregunta Urania.

—Era un colegio católico —digo—. El clima en Cuba siempre es agradable, así que a veces almorzábamos afuera. Tenía dos amigas: Carmen y Norma... Carmen se parecía un poco a ti, Awilda.

—¿Dónde están ellas ahora? —pregunta Awilda.

Jugueteo con el collar de Norma que llevo en el cuello.

—Bueno, Norma está en Miami... Ella me regaló esto.

—Mi madre dice que ahí es a dónde irán a parar todos los cubanos —dice Urania, mirando el dije de cerca—. Es muy bonito.

—Y Carmen... —sigo diciendo—, Carmen aún está en Cuba.

Las palabras no bastan para ocultar mis sentimientos. Reprimo las lágrimas.

—¿A tu madre le gusta esto aquí? —pregunta Tiffany.

Y las lágrimas comienzan a brotar.

Loca

Un día estoy esperando a que Mercedes venga a recogerme a la escuela. Se ha retrasado.

—Entonces, ¿qué te parece...?

Es Awilda la que me habla, pero yo busco a Mercedes con la mirada. No la veo. Me pongo a pensar en que mi madre pudiera estar enferma.

—¿Qué? —le pregunto a Awilda.

—¿Qué te parece si montamos *West Side Story* en la escuela?

Pero de pronto toda esta situación me recuerda algo malo. La voz de Awilda es como un eco y algo me hala hacia la casa... Empiezo a caminar...

—Oye, espérate.

El corazón me late tan fuerte que no la escucho.

—Espérate un momento.

Camino más y más rápido.

—Ana, ¿qué pasa?

Comienzo a correr mientras en mi mente pasa una y otra vez ese algo malo. Es aquel último día de clases en La Habana cuando mi madre no fue a recogerme. Cuando mi tío se apareció en su lugar...

—¡Espera, por Dios! —Awilda me pisa los talones—. ¿Por qué tanta prisa?

Llegamos al edificio. Quiero arañar la puerta hasta abrirla. Veo que los labios de Awilda se mueven, pero no escucho nada.

—¡Estoy abriendo la puerta lo más rápido que puedo! —dice Awilda, que se enfoca, metiendo la llave en la cerradura.

—Apúrate —digo, y subo corriendo las escaleras. ¿Es que acaso llegaré a casa de la escuela en Nueva York para descubrir que mi madre...? Abro la puerta de golpe antes de terminar la idea.

Mercedes me lanza una mirada.

—Está bien —dice—. Pero la llevé a ver a mi psiquiatra.

Me desinflo y me siento, aliviada. Pero me vuelvo a parar.

—¿Por qué un psiquiatra? ¿Está loca?

—No, pero está ansiosa... y, de todos modos, esto es Nueva York. Aquí todo el mundo va al psiquiatra. Tengo que ir a recogerla en veinte minutos.

No hay nada más que decir. Solo muchas cosas que sentir. Alivio, miedo, rabia, confusión... todos esos sentimientos se endurecen, como una pelota de cemento, dentro de mi pecho.

Poniéndole nombre al cuadro

El médico le da a mi madre unas pastillas para dormir. Ahora ella duerme a propósito. No sé qué hacer más que tirarme en el sofá cada vez que tengo el chance a esperar que se levante. Un día Mercedes llega a casa y se pone a pintar.

—¿Qué haces? —me pregunta Mercedes.

—Nada —respondo, absorta en una grieta del techo.

—Oye, no necesitamos dos personas deprimidas en el apartamento.

—¿Deprimidas? —digo y me siento—. ¿Tú también estás deprimida?

—No, *tú* y tu madre.

—¡No estoy deprimida! —digo, furiosa—. Me gusta la escuela... ¡tengo amigas!

—¡*Okay*! ¡*Okay*! —Hace una pausa antes de continuar—. Pero es natural que te sientas un poquito deprimida. Es gracioso... a mí me sucede lo contrario. Estaba deprimida en Cuba... por eso fue que vine para acá.

—¿Qué quieres decir? —pregunto.

—Bueno, mi familia quería que yo dejara el arte y me casara y tuviera hijos. Pero yo nunca quise hacerlo... así que me fui.

Pienso en mi amiga Carmen, que anunció una vez que nunca se casaría.

—Quería concentrarme en mi arte —continúa Mercedes—. Sé que te gusta dibujar. ¿Por qué no pintas algo? Te sentirás mejor.

Me entrega unos tubos de pintura roja y naranja, una paleta y algunos pinceles.

—¡Pinta algo alegre! Aclárate la mente.

—Yo no pinto... yo dibujo, con lápices.

—Prueba algo nuevo —me desafía—. Es más... haz un cuadro con todos los colores hermosos de las flores de Cuba. ¡Toma, usa este lienzo!

Aprieto el tubo naranja sobre la paleta para que se calle la boca. Luego aprieto el tubo rojo justo al lado. Sin darme cuenta, mis manos toman las riendas y pintan algo que me recuerda a mi madre, pero no sé por qué.

Mami se acerca dando trompicones y ve lo que estoy haciendo. Parece que los colores de mi pintura la hubieran despertado.

—Esos colores me recuerdan algo —dice, rascándose la cabeza. Entonces se acuerda—. Ya sé: ¡tuve un vestido con esos colores! ¡Tenía flores naranjas y rojas!

—¡Es verdad! ¡Lo usaste el día que fuimos a hacer un pícnic! —digo, recordando también.

—¡Hiciste un cuadro abstracto de tu madre! —dice Mercedes—. Deberías ponerle nombre. Ponle *Mi mami*.

Sin embargo, un sentimiento mezquino se adueña de mí.

—¿Me puedes prestar un tubo de pintura negra? —le pregunto a Mercedes. En cuanto me lo da, exprimo un poco de pintura negra sobre el lienzo y la esparzo hasta que se vuelve un borrón carmelita—. Así se parece más —digo haciendo una mueca—: *Mi mami*.

Mi madre lo contempla un instante, me da la espalda y se va a su habitación.

Lágrimas

La sigo hasta el cuarto.

—Tu padre ya no está y tal vez no volvamos a ver Cuba —me dice mami, arremetiendo contra mí—. Lo perdimos todo. ¿Ya se te olvidó? ¡Cómo puedes enojarte conmigo por estar triste! —Rebusca entre sus cosas y me lanza una foto a la cara. Es la fotografía en la que estamos Carmen, Norma y yo el día en que fuimos al pícnic en el *jeep* lleno de agujeros de bala de papi—. ¿Ya las olvidaste?

Sin embargo, miro más allá de los rostros de mis amigas y me hago una imagen en la cabeza más bella e importante que la fotografía en blanco y negro que tengo delante: mami, con su vestido de flores naranjas y rojas, la saya ondeando al viento y entre las piernas de mi padre. Papi parado detrás de ella, haciéndonos muecas, moviendo las orejas, haciéndonos reír.

En un instante tengo la certeza, como si fuese por primera vez, de que algo inimaginable ha sucedido... de repente me falta el aire porque mi padre está muerto. Está muerto. Murió.

—Mami, papi está muerto. ¡Papi está muerto! —grito, atónita e incrédula.

Mami me agarra. Y entonces es como si ella tampoco pudiera creerlo. Lloramos, y nuestros cuerpos crecen y se desinflan a cada ronda de lágrimas nuevas.

—¡Y me mintió! ¡Me mintió! —grito, apretándome el rostro con las manos.

—¿Eh? ¿Cómo? —Mi madre está estupefacta. Se aparta de mí, se quita mis manos de encima, y por un instante parecemos luchadores. Me mira fijo a la cara—. ¿De qué tú hablas?

—Cuando dijo que las cosas iban a salir bien... el día en que lo arrestaron —lloriqueo.

¡Mi madre vuelve a agarrarme!

—¡Él no te mintió!

—¡Sí lo hizo! ¡Lo hizo! —insisto—. Y no solo esa vez... cuando fuimos a buscar naranjas y me hizo fijarme en el frutero. Me dijo que iba a haber una nueva Cuba. Me hizo creer que crecer siendo cubana sería diferente.

—Eso no es mentir —me dice ella con pasión—. ¡No! ¡Eso no fue mentir!

—¿Qué fue entonces? ¿Qué fue? —grito.

—¡Eso era tener esperanzas!

—¿Qué?

—Tener esperanzas...

—¿Qué tú dices?

—Sí, él tenía esperanzas de que todo mejoraría. ¡Todos las teníamos!

—Pero antes de eso —digo despacio—, cuando vimos esas terribles ejecuciones en televisión... él pensó que las cosas iban a arreglarse. No veía lo que tenía delante.

—Sí veía lo que tenía delante... pero confiaba en que eso acabaría. ¿No lo ves? En eso consiste tener esperanzas —dice despacio, como si se diera cuenta en este momento—. Estar vivo es tener esperanzas, ¿sabes? Sin importar lo que pase, sin importar lo que tengas delante de ti.

ANA

Entonces nos callamos y dejamos que todo eso que acabamos de soltar nos golpee una y otra vez, así como el mar Caribe ha estado golpeando el Malecón por mucho tiempo... así como seguirá golpeando y acariciando a Cuba para siempre.

Mucho Fongs

—¿Cocino? —pregunta mami de repente, días después. Hemos tenido mucho tacto últimamente la una con la otra, así que no digo nada y doy otra pincelada sobre el lienzo.

Sin embargo, cuando por el rabillo del ojo la veo botando las pastillas para dormir por el fregadero, le digo:

—¡Mami! ¡Qué buena idea!

—¡Sí, perfecto! —dice Mercedes, que ha estado trabajando en un cuadro al lado mío—. ¡Prepara la comida mientras Ana y yo acabamos aquí!

Mami se mete en la cocina, pero sale enseguida como un bólido.

—¡Qué digo, si no tengo ganas de cocinar! Vamos a comer fuera, es hora de que vea el barrio —añade con ímpetu. Su sonrisa es hermosa—. Deja maquillarme un poco —dice, corriendo al cuarto.

—Alistémonos antes de que cambie de idea —digo.

—No creo que lo haga —dice Mercedes.

Mami sale del cuarto.

—¿Cómo luzco? —dice.

—Esto es Nueva York, aquí a nadie le importa cómo lucen los demás. Pero de todos modos ¡luces muy bien! —dice Mercedes.

—Mami... estás preciosa. ¡Nunca antes te vi lucir tan bien! —digo, sinceramente.

ANA

—Y yo sé exactamente a qué restaurante ir: Mucho Fongs —dice Mercedes.

—¿Mucho Fongs? ¿Qué clase de restaurante es ese? —pregunta mami.

—¡La mejor comida chino-cubana del barrio! ¡Todo el mundo va a comer a Mucho Fongs!

Atravesamos el portón. El aire es tibio; hay hojas intentando desesperadamente crecer en los árboles.

—Tengo una nueva amiga: Awilda —digo como quien no quiere la cosa.

Mami pestañea y me aparta un mechón detrás de la oreja.

—¿Te acuerdas de cuando le mordiste la oreja a tu padre? —dice.

—Chispa también lo mordió.

—Lo sé. Las dos me estaban protegiendo. —Sonríe—. Dime más cosas de Awilda.

—Bueno, es puertorriqueña, y sus amigas, Tiffany Santiago y Milagros Pacheco, también son de Puerto Rico. Y también está Urania Chery; ella es de República Dominicana.

—Montones de muchachitas caribeñas... igual que nosotras —dice finalmente mami.

—Sí, a Tiffany le gusta mi pelo.

—Por supuesto, tienes un pelo hermoso. A tu padre le encantaba.

—Y Urania piensa que necesito usar ajustador...

—¿Ajustador? —dice mami, frenando en seco.

Y las dos soltamos la carcajada.

Hogar

Después de una comida de rollitos de primavera con arroz y frijoles, regresamos caminando a la casa, entrelazando ideas.

—Papi creía en Fidel Castro, pero Fidel le rompió el corazón —digo bajito.

—Hizo más que eso —dice Mercedes.

—Awilda va a actuar en un musical de la escuela llamado *West Side Story*. Necesitan unas escenografías y a ella se le ocurrió que yo las pintara —digo.

—Qué buena idea —dice Mercedes.

—Pero nunca antes he pintado una escenografía —digo.

—Nunca antes hiciste cuadros abstractos ni trabajaste con pintura —dice Mercedes—. ¡Hacer escenografías es una mezcla de ambas cosas!

La idea de Mercedes me emociona tanto que corro a contarle a Awilda. Puedo escucharla cantando en su apartamento mientras subo las escaleras.

—*I want to be in America! Okay by me in America!* ¡Estaba practicando mi canción! —dice con una sonrisa socarrona al abrir la puerta.

—¡*Voy* a hacer las escenografías! —anuncio.

—¡Perfecto! —dice Awilda—. Tienes que dibujar el patio de

una escuela y una azotea... pero lo más importante es la escalera de incendios...

—¿Una escalera de incendios? —La he visto afuera de nuestra ventana, pero hasta ahora no le había dado demasiada importancia.

—Deberías salir a la tuya.

—¿Salir? —repito como una tonta.

—Sí, créeme, puede ser el lugar en el que pasen las cosas más importantes de tu vida. No lo supe hasta que conocí esta obra.

Me apresuro a salir a la escalera de incendios en cuanto entro a nuestro apartamento.

—¿Es seguro? —le pregunto a Mercedes.

—¡Claro! —me responde ella, ayudándome a salir.

—¡Muchacha! —grita mami.

—No pasa nada, Lydia —dice Mercedes—. ¡Déjala que salga al mundo!

Me siento como si no pesara nada, como si flotara en el aire.

—Entra a la casa —dice mami, mirando por la ventana.

—¡Mami, sal tú! ¡Es seguro! ¡Sal y compruébalo!

—Pasito a pasito —me susurra Mercedes al oído—. Pasito a pasito. Pasito a pasito.

Estrellas

La escalera de incendios se convierte en mi lugar especial para contemplar las estrellas a través de las lágrimas mientras pienso en mi padre y en cómo lucía aquel día en el pícnic. Él y mami, envueltos en la saya de ella mientras ella hacía la foto y él movía las orejas para hacernos reír, es una imagen que se ha grabado para siempre en mi memoria.

La escalera de incendios también se convierte en el lugar donde las estrellas me hacen preguntarme si Norma habrá encontrado muchachos lindos que muevan las orejas en Miami. O si la Revolución habrá hecho que Miguel baje de peso. O si Zulema, la guajirita que fue a visitarnos, alguna vez mira el libro que le regalé. Me pregunto hasta si el muchacho frutero y su abuelo aún venderán naranjas en La Habana, aunque ya no recuerdo su nombre. ¿Era Juan? Y, debo admitirlo, hasta me pregunto si Carmen habrá recibido mi carta.

¡De repente veo una estrella fugaz! La veo con nitidez. Es tan hermosa que me pongo de pie y me imagino que todas esas personas están, en este preciso instante, mirando la misma estrella fugaz y sintiéndose tan esperanzadas como yo.

El primer deber de un hombre es pensar por sí mismo.

—JOSÉ MARTÍ

MIGUEL

MIAMI, FLORIDA · 1961

Estoy atado a una silla.

—¡A la una, a las dos y a las tres! —gritan al lanzarme a la piscina, con silla y todo.

Siento un fuerte impacto al golpear el agua y me retuerzo para tratar de salir a flote, vivo, pero tengo las manos y los pies muy bien atados. Los *cowboys* que adornan mi bata de seda me cubren el rostro, así que no puedo ver a mis asesinos. El agua corre por la tela y se me mete por la nariz. No puedo respirar y, al hundirme, el eco de la silla cayendo apaciblemente en el fondo de la piscina me reconforta.

Las luces de la piscina ponen el agua borrosa. La risa de los muchachos se va apagando y me siento feliz y en calma.

No se puede tener miedo si se está muerto. ¿Lo estoy? ¿Muerto?

Salvado

Pero de repente siento que el agua me corre por los costados y luego mi cabeza sale a flote. Cojo una bocanada de aire. Los muchachos que acaban de intentar matarme ríen y nadan a mi alrededor, alzando la silla en actitud triunfante, luego entregándome a otros muchachos que me sacan de este infierno aguado. Escupo agua y respiro hondo. Tengo la garganta en carne viva.

—Muchachos, ¿por qué hacen eso? —Abro y cierro los ojos y veo al cura de pie junto al borde de la piscina—. Esas bromas...

Pero Primero, el líder de la pandilla que me lanzó a la piscina, alza la voz por encima de la del hombre.

—Solo quería darle la bienvenida al Campamento de Florida City, Miami, USA.

—No es gracioso, Primero —dice el cura—. Esto no está bien. Si no hubiera sido por Osvaldo, que fue a buscarme, no me hubiera enterado de que esto estaba pasando.

El muchacho de pie junto a él es bajito y usa espejuelos.

—¿Cómo podré explicarles este tipo de comportamiento a sus padres, que sacrificaron tanto para enviarlos a ustedes aquí para protegerlos de la Revolución, para que no se los quitaran, les lavaran el cerebro, los criaran unos soldados en alguna parte o los forzaran a ir a otro país comunista?

—No íbamos a ahogarlo —dice Primero—. ¡Solo queríamos ver si la grasa lo hacía flotar! —Se ríe.

—Primero —dice el cura, suspirando—, no te aproveches por ser el que más tiempo lleva aquí. ¡Prométeme que estas bromas con los recién llegados se van a terminar! ¿Entiendes?

—Sí, sí —dice Primero—. Entiendo.

—*Okay* —dice el cura—. ¡Vuelvan adentro... todos! ¡Y por el amor de Dios, desaten a ese muchacho!

Primero le pega a Osvaldo en la cabeza en cuanto el cura da la espalda.

—Todo esto es culpa tuya, Osvaldo —dice—. Me las vas a pagar por esto. —Y desaparece en la noche junto a su pandilla.

Osvaldo me desata las manos en silencio.

—¿Cuánto tiempo llevas aquí? —le susurro.

—Demasiado —responde él, antes de escurrirse hacia los dormitorios.

Sumo mis lágrimas al charco de agua en el que me han dejado.

Osvaldo

A la mañana siguiente, la débil luz de la cafetería me alivia los ojos, rojos de tanto llorar. Sin embargo, veo que Primero empuja a alguien, quien a su vez empuja a otro, quien a su vez empuja a Osvaldo que va con su bandeja de comida. La bandeja sale volando, Osvaldo cae de bruces sobre el piso y los espejuelos ruedan debajo de una mesa.

—¿Qué pasó, Osvaldo? —dice Primero, haciéndose el inocente—. ¡Eres tan torpe!

Osvaldo se queda allí como descansando. Encuentro sus espejuelos y se los doy justo en el momento en que entra el cura.

—¿Qué pasa aquí? —pregunta.

Nadie responde. Agarro un *coffeecake* y me escurro de vuelta a mi asiento.

—¿Más bromas? —advierte el cura. Todos se encogen de hombros—. Bueno, en ese caso... —Mira en torno con impaciencia—. Que alguien limpie este reguero.

Osvaldo limpia el piso. Primero se come el desayuno como si el reguero no tuviera nada que ver con él. Yo mastico mi *coffeecake*.

—¿Cómo estás hoy, Miguel? —me pregunta el cura sentándose junto a mí.

—Bien —digo, con la voz amortiguada por el trozo de

coffeecake que tengo en la boca. Espero que con eso me deje en paz.

—Bien... ¿Sabes? Siempre es duro para los nuevos al principio. ¡Lo mejor será que hagas amigos y te diviertas! —Mira alrededor y anuncia—: ¡Todos ustedes, diviértanse, diviértanse, diviértanse hoy! —Sus palabras son como un grito de guerra, y los muchachos se dispersan, tirando las bandejas sobre el mostrador y corriendo en dirección a la puerta.

Se hace el silencio, el cura me mira y se marcha en la misma dirección que los demás.

Osvaldo y yo nos quedamos solos, las ollas y los sartenes comienzan a sonar en la cocina.

—¿Cuánto tiempo llevas aquí? —le vuelvo a preguntar.

—Cuatro meses. —Osvaldo sale corriendo.

—¡Cuatro meses! —Respiro hondo como al salir de la piscina.

¡Cuatro meses! Mis padres me dijeron que solo estaría aquí un tiempito. Hasta que los americanos sacaran a Fidel Castro de Cuba y las cosas volvieran a la normalidad. Corro afuera y busco a Osvaldo con la mirada... pero es muy tarde. Ya se marchó. Busco entre los muchachos que corren aquí y allá bajo el débil sol, como si ellos se lo hubieran tragado; o como si Osvaldo se hubiera convertido en polvo y el viento se lo hubiera llevado.

Hogares de acogida

Regreso al comedor y agarro otro *coffeecake*. Lo envuelvo en una servilleta y me lo llevo de contrabando al dormitorio, andando con sigilo entre los edificios para que nadie me vea. Mi cama está toda regada y trato de arreglar las sábanas, pero en vano. Nunca haré la cama tan bien como la hacía Grizelda, nuestra criada, allá en Cuba.

Me doy por vencido y guardo el *coffeecake* para después debajo de la almohada. El rugido seco de los muchachos mataperreando afuera me lleva a hacerme un ovillo sobre la cama. Me quedo dormido, hasta que me despiertan unas voces.

—Me da pena el gordito rubio que recién llegó —dice Osvaldo.

—Olvídate de él y larguémonos de aquí —dice el otro chico, un pelirrojo—. Oí decir que van a mandarnos a hogares de acogida.

Me incorporo... ¿hogares de acogida?

Los muchachos se van y la habitación se queda vacía de un modo distinto. Saco el *coffeecake* de debajo de la almohada y me lo como de un bocado antes de salir afuera.

El sol abrasador me hace buscar una sombra donde sentarme, lejos de los demás que están junto a la piscina, empujándose y jugando de manos tan duro que deben de estar dejándose marcas en la piel. Me pregunto si debería esconderme, como Osvaldo y su amigo.

Nadie me dijo nada de hogares de acogida.

Me recuesto contra la pared en un lugar con sombra, hundo la cabeza entre las rodillas y dejo que broten lágrimas y mocos. Tengo que llamar a mis padres.

Primera llamada telefónica

Me atoro cuando finalmente logro comunicar en la llamada de tres minutos a Cuba.

—¿Qué pasa? —pregunta mi padre—. ¿Por qué lloras? Cálmate, hijo, cálmate.

—No puedo —lloriqueo—. Tengo miedo de que me manden a un hogar de acogida... —Entonces empiezo a balbucear—: Pensé que los americanos iban a arreglar las cosas en Cuba... y que yo regresaría a casa...

—Para de llorar, no puedo entender lo que dices si lloras. ¡Cálmate! —me ruega mi padre.

Lo intento, pero no puedo evitar que los mocos y las lágrimas sigan saliendo. Escucho a mi madre decir algo al fondo.

—Tu madre quiere saber si estás comiendo.

—Sí —susurro. Decido olvidarme de que los americanos nos salven e indago sobre lo que realmente me aterra—. Pero ¿qué hay de los hogares de acogida?

—Mira —dice papi—, ¡nunca he oído hablar de hogares de acogida! De todas formas, debes hacer lo que te digan. Estás en manos de una buena organización de la iglesia.

Me trago las lágrimas, escucho a mi padre suspirar y me los imagino en nuestro patio en Cuba. El sol blanquea un extremo de la mesa a la que están sentados bajo una sombrilla en el otro extremo. Grizelda les lleva café... si yo estuviera allí, me llevaría un chocolate caliente. Luego me daría palmaditas en los cachetes con sus manos morenas entibiadas por la taza que recién sujetaba, los brazaletes tintineando en las muñecas. Entonces me ofrecería un *coffeecake*. Tal vez escucharíamos al vendedor de frutas pregonando "¡Frutas, naranjas dulces!". Y Grizelda bajaría el dinero en una cesta amarrada a una cuerda, y el vendedor de frutas cogería el dinero y mandaría la fruta.

Grizelda siempre me cuidó. Ella tenía familia e hijos en algún monte, pero vivía con nosotros y siempre me cuidaba. Ojalá pudiera seguir cuidándome ahora.

—Quiero irme a casa —me atrevo a decir—. ¿Cuándo podré irme a casa?

—¡No puedes venir! —dice papi—. Este no es un buen lugar ahora.

—Hijo... —dice mi madre poniéndose al teléfono—, te extrañamos. No dejes de comer.

El sonido de su voz debilita lo que fuera que me mantenía en pie. El clic del teléfono y el tono de discar le ponen fin a la conversación y me hundo. Solo me queda una cosa que hacer.

Esconderme con Osvaldo y su amigo, el pelirrojo.

Fuga

Me toma varios días encontrarlos. Nunca están con los muchachos que se lanzan pelotas a la cabeza o se derriban, o luchan o intentan tirarse de clavado a la piscina desde una escalera tambaleante.

Finalmente, un día en que estoy lamiendo la parte de adentro de una galletica de crema sentado en la otra punta de la cerca, veo a Osvaldo que husmea en la tierra.

—Oye —dice.

—¿Qué hay? —le digo, tragándome de una vez los restos pastosos de la galleta.

—Avísame si viene alguien, ¿*okay*? —dice él.

—*Okay*. Pero ¿qué estás buscando? —pregunto.

—Tú solo avísame si viene alguien —repite él.

—Viene tu amigo pelirrojo —digo, alzando la vista.

Osvaldo mira a lo lejos.

—Ah, es Cómico. Él es chévere. Fue quien me dijo de esta zanja.

—Menos mal que no te ahogaste —me dice Cómico al llegar—. Primero y su pandilla no me amarraron a la silla cuando llegué. Simplemente me lanzaron a la piscina y me aguantaron la cabeza bajo el agua. A ti te dieron un tratamiento especial. —Se ríe, ofreciéndome la mano. Su risa es tan amplia que casi puedo verle las muelas—. Me llamo Luis Jiménez... pero puedes llamarme Cómico.

—Miguel Reyes —digo, estrechándole la mano.

—La encontré —dice Osvaldo, señalando de repente.

—¡Bien hecho, Osvaldo!

Osvaldo encontró una zanja que pasa por debajo de la cerca. Parece lo suficientemente profunda como para que podamos deslizarnos por ella hasta el otro lado.

—Vamos —dice Cómico, y se mete en la zanja, con los pies por delante, serpenteando bajo la cerca hasta que logra cruzar.

Osvaldo se mete tras él.

—¿Vienes? —me dice cuando termina de pasar.

Hago una pausa antes de hablar.

—¿Nos estamos fugando?

—Solo por hoy —se ríe Cómico.

—Pero ¿el cura no se pondrá bravo por que nos vayamos? —pregunto.

—Ni siquiera notará que nos fuimos —dice Cómico.

—Pero ¿a dónde vamos?

—A ganar dinero —dice Cómico.

—¿Por qué? —pregunto. En mi vida he ganado dinero.

—¡Para Cuba! —responden al unísono.

—¿Cómo? —insisto.

—¡Tomates! —dice Cómico.

—Vamos —dice Osvaldo.

Los gritos y gruñidos de los muchachos que juegan de manos a lo lejos me ayudan a decidirme. Me persigno, en nombre del Padre, del Hijo y del Espíritu Santo, y me meto en la zanja detrás de Cómico y Osvaldo.

Cómico

Pero me quedo atascado.

—Mete la barriga para adentro —dice Cómico.

Meto la barriga y sigo arrastrándome hasta sentir que los pinchos de la cerca me arañan. ¡Trato de arrastrarme aún más rápido!

—¡Más despacio! —dice Cómico.

Me viene el regusto ácido de una galletica de crema a la boca.

—Quédate quieto —dice Cómico—. Es solo un rasguño. No te muevas. Déjame desenredarte la camisa.

Me siento como un puerco atascado.

—Ahora sigue arrastrándote... despacio —dice Cómico.

Una vez que pasa la parte más gruesa de mi cuerpo, el resto es pan comido.

—¡Lo lograste! —me animan ambos, dándome palmaditas en la espalda.

Me doy vuelta y me sacudo la tierra con las manos, sigo sacudiéndome, aunque ya no hay tierra, para que Osvaldo y Cómico no me vean el rostro.

—Lo hiciste bien —dice Cómico, dándome palmaditas en la espalda. No lo miro, así que añade—: Tengo que orinar. —Y se mete entre unas cañas. De pronto grita—: ¡Auxilio! ¡Tengo un alacrán pegado al pito! ¡Auxilio! —Corremos hasta él y se voltea hacia nosotros, riendo y meneando el pito—. ¡Ja, ja! Es una broma. Ahora, ¡vamos! ¡A ganar dinero!

Llegamos a un claro con surcos y más surcos de tomates, y familias de recolectores de tez morena que llevan sombreros de paja.

—¿Son cubanos? —pregunto.

—No, creo que son mexicanos y puertorriqueños. Vamos —dice—. Llevo semanas haciendo esto.

Avanzamos hasta una choza desvencijada donde un americano nos da una cesta a cada uno.

Cómico me muestra cómo recolectar los tomates para que no se apolismen. Parece fácil, pero no lo es; las plantas tienen unas espinitas que se nos meten bajo las uñas y el sol nos pega fuerte en la cabeza y los hombros.

Al final de la jornada nos repartimos el dinero entre los tres y encontramos un lugar con sombra para descansar. Miro de reojo a mis nuevos amigos y quiero conversar... pero no quiero interrumpirlos en caso de que estén pensando en Cuba.

Dinero

—¿Por qué no puedes lavarle el cerebro a un cubano? —pregunta Cómico. Y a continuación responde—: ¡Porque está tan ocupado hablando mierda que no te escucha!

No entiendo el chiste.

—Pero no todos los cubanos hablan mierda —digo—. Mi abuelo le habla a su Ford azul cuando no arranca, pero eso no es realmente hablar mierda... y una vez en una manifestación, cuando todo el mundo estaba haciendo chistes de americanos, él me dijo que no era correcto hacer chistes de grupos de gente... y eso también vale para los cubanos, ¿no es cierto?

—Ay, por favor —dice Cómico, poniendo los ojos en blanco—. ¡Ya sé! El motivo por el que hago ese chiste es porque estamos aquí porque nuestros padres pensaron que nos iban a lavar el cerebro para que pensáramos igual que Fidel Castro. ¿Lo entiendes? —Como no respondo, se exaspera—. A ver este: ¿por qué los cubanos hablan tanto en la calle? —Él mismo se responde—: Porque desde que Castro ocupó la compañía telefónica, cada día es más difícil llamar por teléfono. ¿Entendiste? ¿Entendiste? —Se dobla y se ríe tan fuerte que se le salen las lágrimas y se retuerce.

Entonces me doy cuenta de que lo que dice no tiene nada que ver con lavado de cerebros ni con hablar mierda. Tiene que ver con reír para no llorar, sonreír en lugar de fruncir el ceño, seguir adelante en lugar de darse por vencido. Mientras más pienso en ello, más acertado me parece. Cómico hace chistes para, de algún modo, mantener alejado a Castro. Para ser realmente más fuerte que Castro. Para elevarse por encima de él. Cómico se voltea hacia nosotros con los ojos enrojecidos.

—Regresemos —dice Osvaldo bajito.

—Sí —digo—. Tengo hambre.

—*Okay* —susurra Cómico.

Arrastrarnos de vuelta al campamento por debajo de la cerca resulta fácil. Los juegos de manos ya han terminado y los muchachos están dentro preparándose para la comida.

—¿Cuántos cubanos hacen falta para ganar dinero? —dice Cómico bajito.

—Ya nos hiciste ese chiste —dice Osvaldo.

Pero Cómico hace como que no lo oyó.

—Te lo voy a decir: un solo cubano, yo, porque voy a recoger tantos tomates como pueda para ganar dinero suficiente para comprar pasajes de avión para que mis padres vengan a Miami a estar conmigo... y a la porra Fidel Castro.

Oigo voces amortiguadas provenientes del comedor, y cuchillos y tenedores raspando platos. Unas franjas de luz rosadas y violetas atraviesan el cielo.

—¿A qué les recuerda ese cielo? —pregunto.

—A mí se me parece al cielo de Cuba —dice Osvaldo—. Estamos tan cerca de Cuba... estoy seguro de que ahora mismo hay gente allá mirando este mismo cielo.

—Sí —asiente Cómico—. Estamos a menos de cien millas. Cien millas no es nada en Estados Unidos. ¡He oído decir que en el oeste hay americanos que manejan cien millas para ir a comprar helado!

Los tres nos detenemos y nos quedamos mirando el cielo, y siento que lo que queremos es agarrar un trozo de ese cielo y que nos lleve de vuelta a Cuba; pero en lugar de eso emprendemos el camino de vuelta a los dormitorios.

Ataque de nervios

Mientras más muchachos llegan al campamento y más se api-
ñan en el dormitorio, más solo me siento en las noches. Los
nuevos lloran más alto que los viejos y casi me estoy quedando
dormido arrullado por el zumbido de las lágrimas ruidosas y
silenciosas cuando un lamento corta el aire como un cuchillo.

Se encienden las luces; quince muchachos saltan de sus
camas y buscan el origen del grito. Me tropiezo con Osvaldo y
Cómico. Abrimos mucho los ojos cuando los gritos comienzan
a sonar como un gato electrocutado. Se trata de Primero. Lo
encontramos sentado en medio de la cama, cubriéndose el pecho
con la colcha (¡tiene pechos!), con sus ojitos negros mirando a
todas partes fuera de sí. No puedo evitar fijarme en la cruz que
le cuelga de una cadena de oro en el pecho y me pregunto cómo
logró pasarla por la aduana en Cuba.

—¡Quiero irme a mi casa! ¡Quiero irme a mi casa! ¡Quiero a
mi mamá! —Lloriquea como un bebé.

Entra el cura, nos espanta y se sienta junto a la cama de Primero.

—Cálmate —le dice.

—Quiero regresar a Cuba —llora Primero—. Quiero ver a mi
madre y a mi padre y quiero dormir en mi cuarto. ¿Cómo pudieron mandarme aquí mis padres?

—Ya, ya —dice el cura—. Tus padres están haciendo una labor muy importante luchando contra Fidel Castro.

—Eso es porque quieren más a Cuba que a mí —lloriquea Primero.

—No digas eso... ellos te enviaron aquí por tu propio bien. —El cura nos mira con severidad—. Regresen a sus camas... ¡todos!

—Pensé que Primero era un tipo duro —dice Cómico, maldiciendo de la sorpresa.

—Ahora no parece tan duro —dice Osvaldo.

—Sé cómo se siente —digo.

—¿Tú estás de parte de Primero o qué? —dice Cómico.

—No, no estoy de su parte —digo—. Casi me ahoga, ¿se acuerdan? Solo digo que... Olvídenlo.

—¿Qué cosa?

—Nada. Es solo que... todo el mundo llora.

—Está bien, de acuerdo —dice Cómico—. Pero debemos ser valientes, como dicen nuestros padres. O los tres terminaremos llorando como Primero. Estaríamos gritando: "Gua, gua, gua. ¡Mami! ¡Mami! ¡Gua! ¡Gua! ¡Gua! Dame un besito y cámbiame el pañal de paso". —Cómico da vueltas corriendo como un bebé frotándose los ojos.

—¿Acaso pueden nuestros padres querer a Cuba más que a nosotros? —dice Osvaldo bajito.

—No —dice Cómico, airado—. ¡El hecho de que nos hayan mandado para acá prueba que nos quieren más a nosotros! ¿Acaso no sabes nada?

Al día siguiente, Primero ya no está.

Beca

—¿Qué le pasó a Primero? —le pregunto a Cómico de camino a la cerca.

—Le dieron una beca —dice Cómico con sarcasmo.

—¿Una beca? —pregunto—. ¿Para estudiar?

—¡No! —Cómico se detiene y me mira como si yo fuera estúpido—. Así es como le dicen cuando te mandan a un hogar de acogida. Dicen que te dan una beca.

Nada más de pensar en un hogar de acogida me pongo nervioso.

—Y van a dar muchas becas en este lugar —continúa diciendo Cómico—. Este lugar se está llenando tanto que pronto tendremos que compartir el papel higiénico. O comernos la caca. ¡Oye, a lo mejor fue así como surgió la palabra *comemierda*!

—Para ya —dice Osvaldo.

—*Okay*, ¿cuántos traseros de cubanos puede limpiar un pedazo de papel higiénico?

Tengo ganas de vomitar.

—¡Tienen que ponernos en alguna parte! —dice Osvaldo, ignorando el chiste malo de Cómico.

—Pero ¿dónde están los hogares de acogida? —pregunto, sintiendo cada vez más náuseas.

—¡Por todo Estados Unidos! A algunos muchachos los

mandan a Idaho, de donde vienen las papas, o a Chicago, Illinois, donde están todos los gánsteres como Al Capone. ¡A algunos los mandan al estado de Washington, que está casi en Canadá y hace tanto frío que el meado se vuelve hielo antes de llegar al suelo!

Cómico encuentra la zanja y nos escurrimos por debajo de la cerca de prisa y en silencio. Marchamos velozmente hasta la granja de tomates. Una vez allí, casi sin hablar, recogemos los tomates, sin importarnos siquiera si se apolisman.

Nos dividimos el dinero sin decir una palabra. Osvaldo atrapa una lagartija y la mata. Cómico recoge una piedra y golpea con ella el suelo hasta que se trilla un dedo. Aúlla de dolor y tira la piedra entre los matorrales.

—Tenemos que quedarnos juntos —dice en tono serio.

—Sí —dice Osvaldo—. Recuerden, nuestros padres nos mandaron aquí porque nos quieren mucho.

—A veces preferiría que nos quisieran un poco menos —dice Cómico bajito.

Por una vez no está bromeando.

Botado

Semanas después estamos en la cafetería comiendo sándwiches de queso y unas verduras babosas cuando el cura entra a darnos una noticia.

—Como ustedes saben, este lugar se está poniendo un poquito abarrotado. Así que los alegrará saber que cuatro de ustedes tendrán la oportunidad de cederle el lugar a otros. Los seleccionados son: Jorge Aguirre, Emilio Delgado, Jordán Falcón y Miguel Reyes. ¡Felicidades, becarios!

Por un segundo creo que oí mal. Cómico me mira enseguida.

—¡Si yo fuera tú, me colaría por debajo de la cerca y me fugaría!

—No, no vas a hacer eso —dice Osvaldo—. ¿Cómo te encontrarían tus padres si huyeras?

—Los nombres que mencioné vengan a verme a mi oficina al terminar el almuerzo —añade el cura antes de abandonar el comedor.

—Tal vez tu hogar de acogida no esté tan lejos —dice Osvaldo—. Tal vez tengas tu propio cuarto y la familia tenga piscina y terreno de fútbol americano... a la gente de este país le encanta el fútbol americano. Es como una religión.

El queso de mi sándwich se me pega al cielo de la boca.

MIGUEL

—¡Es todo culpa de Fidel Castro! —grita Cómico, explotando—. Esto es... una locura.

Trato de despegarme el queso con el dedo del medio.

—Ya lo sé —dice Osvaldo—. Pero todo esto sucede por algo.

El queso se me desprende del cielo de la boca como un molde.

—No hay ninguna razón detrás de eso. Somos simplemente cubanos volando por el espacio... ¿tú sabes? Oí decir que en los periódicos llaman Operación Pedro Pan a esto de mandar a los niños aquí. Y ¿quieres saber por qué? ¡Porque estamos volando por el aire, aterrizando en Nunca-Jamás, donde quiera que esté eso!

De repente lo que dice me da tanta gracia que me hace reír... tan fuerte que escupo todo el queso sin querer. Sigo riendo como si no fuera a parar jamás.

—Miguel, ¿estás bien? —El cura viene buscándome.

Trato de tragarme un pedazo de verdura que todavía tenía en la boca.

—Tal vez deberías... espera... para de comer... —dice el cura, entornando los ojos.

Pero ¿por qué habría de parar de comer? Necesito comer para poder volar por el espacio (o ahogarme en la piscina). ¡Ja, ja! ¡Las lágrimas de tanto reír me ruedan por las mejillas, se me cuelan en la boca y me las trago también! ¡Ñam! ¡Qué rico!

—Cálmate, cálmate, Miguel —repite el cura, muy serio—. Tienes una reacción nerviosa, un ataque de histeria. Ven conmigo, ven, puedes relajarte en mi oficina.

Me ayuda a llegar hasta su oficina porque yo voy doblado de la risa. Sin embargo, siento los ojos de Cómico y Osvaldo encima.

—¡Adiós, muchachos! —eructo volviéndome hacia ellos. Se me quedan mirando.

—Toma esto. —El cura me ofrece agua una vez dentro de su oficina.

Aún riendo, bebo el agua y derramo la mitad en el suelo.

—Eso es, cálmate, Miguel. Cálmate.

Entonces siento como si algo me agarrara por dentro y me exprimiera sollozos que me dejan las pestañas pegadas.

—Así está mejor. Mucho, mucho mejor —dice el cura.

Adiós

Me hago a mí mismo un chiste sin gracia mientras empaco, una semana después de recibir la noticia de que me voy.

¿Por qué es bueno llorar?

Llorar es bueno porque uno se siente muy bien cuando para de llorar.

Sostengo en mis manos la bata de *cowboys* en la que casi me ahogan. El agua de la piscina la encogió, así que la dejo sobre la cama. Tal vez le sirva al próximo muchachito que venga de Cuba.

—Voy a sacar el carro para llevarte a la estación —dice el cura, asomando la cabeza—. La vas a pasar muy bien en Nueva York —añade—. ¡Será un viaje largo en tren, pero valdrá la pena!

Espero a que se vaya para comerme el pan de gloria pegajoso que guardé del desayuno. Está dulce, y me hace sentir bien mientras lo mastico. Mis amigos vienen a despedirse.

—Te tengo unos dulces —dice Cómico, entregándome una bolsa.

—Gracias —le digo—. Y gracias de nuevo por no dejar que me ahogara —añado, mirando a Osvaldo.

Él solo se encoge de hombros y me estrecha la mano. Cómico me da unas palmaditas en la espalda.

—Socio, creo que bajaste de peso —dice.

—¿Yo? —exclamo, sorprendido, mirándome la barriga—. ¿De verdad?

—No —contesta él muy serio.

Reímos. Luego nos quedamos un minuto sin saber qué decir.

—Te tengo un chiste de despedida —dice Cómico, rompiendo el hielo—. ¿Sabes por qué Supermán no pudo salir volando del Malecón?

—¿Porque había kriptonita cerca? —digo.

—No, porque tenía enganchado a todo el país tratando de salir volando con él.

La idea me pone triste. ¿Qué será de Cuba si todos los cubanos salen volando de allí?

—¿Qué pasa? —dice Cómico—. ¡De pronto pusiste cara de caca de perro!

—No es cierto —dice Osvaldo.

—Tienes razón. No tiene cara de caca de perro —accede Cómico—. ¡Tiene cara de caca de perro en un día caluroso de verano!

Nos quedamos en silencio hasta que Cómico interrumpe.

—¿Cuántos cubanos hacen falta para despedirse? —Osvaldo y yo nos quedamos esperando el final del chiste—. Ninguno —dice Cómico—, porque esto no es una despedida. Esto es solo un hasta luego.

Nos estrechamos las manos y escucho el claxon de un carro. Cómico y Osvaldo me lanzan una última mirada y se dan la vuelta, perdiéndose entre la multitud de muchachos que pasan.

Meto mis cosas en la maleta y me trago todo lo que siento, preguntándome dónde aterrizaré.

La Estación Pensilvania

Estoy en la Estación Pensilvania en Nueva York.

—Permiso, permiso —dice la gente a mi alrededor porque, no importa donde me pare, ¡estoy siempre en el medio!

Me duelen los brazos y la espalda. Saco la nota que me dio el cura, que dice que debo buscar un lugar llamado Nedick's, cerca de la entrada, al nivel de la calle. Camino y camino, siguiendo el aire frío que se me cuela por el cuello mientras la gente cargada de bultos se apresura a mi alrededor sin mirarse a los ojos. ¿Cómo es que no chocan? Vuelvo a mirar la nota, encuentro el lugar que busco y espero, observando a una anciana que pide dinero. También veo a un hombre que se ha quedado dormido de pie. Las guaguas y los taxis pasan por la calle a toda carrera y, de repente, de la nada, alguien me toca el hombro. Me doy vuelta, con el corazón en la boca...

—Oye, tranquilo, tranquilo... —Es un hombre joven con el pelo un poco largo, que viste *jeans*—. ¿Tú eres Miguel Reyes? —pregunta.

Recupero el aliento. ¡Me conoce! Pero ¿quién es él?

—Sí —respondo.

—Me alegra mucho que estés aquí —dice en español con fuerte acento americano—. Soy el padre Fitzgerald. Puedes llamarme padre Fitz.

¿Es un cura? ¡No tiene cara de cura!

—Ven —dice, y me lleva a un túnel que llama "el metro".

¡Un tren retumba hasta nosotros! Nos montamos. Veo a un sordo haciendo señas con las manos y vendiendo silbatos. Veo a una mujer a la que se le salen los dedos de los pies de los zapatos, cargando cuatro cartuchos enormes.

Salimos del metro, en la calle el aire aún más gélido me parte la cara. Nos montamos en un ferri. ¡No entiendo nada! ¿Acaso no estaba ya en Nueva York?

—¿A dónde vamos? —pregunto—. ¿Por qué estamos en un ferri?

—Staten Island está en Nueva York. Solo que no está pegado —dice el padre Fitz.

En el ferri, pienso en cuando cruzaba la bahía de La Habana con mi abuelo y lanzábamos pesetas al agua para que los niños pobres las cogieran.

El ferri sale del puerto y me doy por vencido tratando de entender. Recorro la embarcación buscando calor cuando de pronto veo la Estatua de la Libertad.

—Es la Estatua de la Libertad —señalo, maravillado. La había visto en fotos en los libros de texto, pero es diferente verla en la realidad.

—Sí —dice el cura, y recita—: "Dadme a vuestros rendidos, a vuestros desdichados, vuestras hacinadas muchedumbres que anhelan respirar en libertad. El pobre desecho de vuestras rebosantes playas. Enviadme a estos, los desamparados, los que por la tempestad son azotados. ¡Yo alzo mi antorcha junto al puerto dorado!".

—Sí —digo—. Sé que eso es lo que dice en los pies de la estatua.

—En realidad, lo dice en el pedestal.

"Sí —me digo—, eso mismo". Pero yo no soy uno de esos desdichados, ni desamparados, ni azotados por la tempestad.

¿O sí?

Tottenville

Atravesamos de prisa la Terminal St. George de Staten Island y encontramos una cafetería cerca. La camarera nos sirve hamburguesas con papas fritas y Coca-Cola. Como y bebo hasta dejar el plato limpio y el vaso vacío, y así, repleto de comida y refresco, vamos hasta una camioneta. Una vez dentro nos encorvamos esperando a entrar en calor.

Por el camino, siento que me pesan los ojos, y en el calor artificial del carro me quedo dormido preguntándome si la gente usaría la calefacción de sus carros en La Habana. No despierto hasta que escucho la voz del cura.

—¡Ya llegamos, Miguel! ¡Bienvenido a Tottenville!

Estoy en medio de un mundo de árboles negros de ramas desnudas prestas a estirarse y agarrarme. ¿Qué es este lugar? ¿Dónde estoy? ¿En una ciudad? ¿En el campo? ¿Es un pueblo? Llegamos a una catedral o iglesia de enormes portones rojos. La cerca se abre misteriosamente permitiendo que entre el carro. Los pelos de la nuca se me paran.

—Bienvenido a la Misión de la Virgen Inmaculada, Miguel —dice el cura—. Estás en Mount Loretto, Staten Island, donde te unirás a huérfanos de todas partes de la ciudad.

—¿Huérfanos? —grazno en mal inglés—. ¿Huérfanos? Yo no soy huérfano. Los huérfanos son niños sin padres. ¡Yo tengo padres!

—No te preocupes, Miguel... el director responderá todas tus preguntas —dice el padre en tono jovial.

El lugar huele a sopa de pollo y a pino. Me presentan al director, el Sr. Sherman, un hombre bajito y fornido con la cabeza en forma de bala. En su escritorio hay dos pequeñas banderas americanas, pero ninguna imagen de la Virgen Inmaculada que le da nombre al lugar.

—Saludos, Miguel... —me dice el director observándome con detenimiento.

—Señor —lo interrumpo—, debe de haber un error. Yo no soy huérfano.

—Por supuesto que no, Miguel —dice él, entrecerrando los ojos—. No, no, no, no te preocupes. No estarás con los huérfanos ni con los demás muchachos de aquí. Tenemos un lugar especial para ustedes los refugiados.

¿Refugiados? ¿Soy un refugiado? ¿Quiere eso decir que, después de todo, soy uno de esos "desdichados", "desamparados" o "azotados por la tempestad"?

—Y tampoco tendrás que ir a clases con los demás. ¡Ustedes los cubanos pueden ir a la escuela pública fuera del orfanato! —continúa el director—. Te llevarás bien con tus compañeros. Además, solo estarás aquí temporalmente.

—Tengo que llamar a mi casa... —digo, alicaído.

—Por supuesto.

—Pero...

—Ahora agarra tu maleta y ven conmigo.

Busco al padre Fitz con la mirada, pero ya se ha ido.

Agarro mi maleta y sigo al Sr. Sherman.

Refugiados

Veo una cabina telefónica al final del largo pasillo encerado.

—Tengo que llamar a mi casa...

—Mañana —dice el Sr. Sherman de un modo que me hace callar y que el alma se me vaya a los pies.

Y entonces el alma se me aleja aún más al escuchar los ruidos asesinos de muchachos jugando en un gimnasio. A través del cristal de la puerta veo niños lanzándose pelotas de baloncesto a la cabeza.

—No te preocupes, no vas a tener que jugar con ellos —dice el Sr. Sherman.

Pero aguanto la respiración hasta que el hombre me conduce a un pequeño dormitorio donde las sonrisas de ocho muchachitos cubanos me golpean como un sol cálido. Por fin respiro aliviado.

—Esta es la sección cubana —anuncia el director—. ¡Aquí dormirás con otros refugiados como tú! Muchachos... este es Miguel Reyes.

Los muchachos se me quedan mirando petrificados... pero en cuanto el Sr. Sherman sale por la puerta acuden en enjambre y me rodean, haciéndome preguntas.

—¡Hombre! ¿Cómo llegaste aquí? ¿Dónde estabas antes? ¿Dónde vivías en Cuba? ¿Qué edad tienes? ¿Qué noticias tienes de Cuba?

—¡Cálmense, muchachos! —dice finalmente uno alto, de pelo negro que le tapa los ojos—. Déjenlo que coja aire.

Los otros obedecen. Él me ofrece la mano.

—Nelson Ayala —dice.

Le estrecho la mano y respiro hondo.

—¿Quiénes eran esos jugando baloncesto? —me atrevo a preguntar.

—Ah... esos son los huérfanos y los delincuentes que viven aquí —dice Nelson.

—¿Delincuentes? —pregunto.

—Muchachos malos que se han metido en problemas con la ley —me responde.

—El Sr. Sherman dijo que no jugaríamos con ellos... —comienzo diciendo.

—Ni haremos ninguna otra cosa con ellos —dice Nelson.

Por un momento me siento aliviado.

—¿Hay una piscina por aquí? —pregunto.

—¿Estás bromeando? ¡No! —dice Nelson—. Coge esa cama —añade, señalando un reguero en un rincón.

Al intentar organizar el reguero reparo en una bolsa de papitas encima de una cómoda.

—¿Alguien se va a comer eso? —pregunto.

Nelson me lanza la bolsa y la examino, pensando...

—Estaremos bien siempre y cuando nos mantengamos juntos —me dice.

—Sí, pero esos delincuentes son más que nosotros —digo lentamente.

Todos se miran, pero enseguida apartan la mirada.

Entonces me lleno la boca de papitas.

Ojos de Gato

Nelson espera afuera de la cabina telefónica y yo apenas empiezo a marcar los números cuando aparecen tres muchachos. Uno tiene el pelo castaño y rizado; otro, negro y lacio; pero es el de la gran mata de pelo amarillo crespo, manos grandes y ojos de gato el que golpea la puerta de la cabina.

—Tú, el del teléfono —gruñe.

Abro la puerta y salgo.

—Hola, me llamo Miguel Reyes. Estaba tratando de llamar a Cuba.

—¿Cuál es el problema? —pregunta él.

Miro a Nelson, que se hace el yonofuí con la mochila.

—¿Qué quieres decir? —pregunto.

—Te dije que cuál es el problema. ¿Por qué estás llamando a Cuba? —sisea él—. ¿Vas a quejarte porque tu cuarto no es lo suficientemente lindo y especial? —Sus ojos amarillos de gato destellan. Su aliento a cigarro me golpea el rostro.

—No, no iba a quejarme —digo, metiendo la barriga—. Yo solo iba a... este... saludar a mis padres. ¿Tú no llamas a veces a tus padres?

—¡No! —dice él en tono apático.

Sus amigos miran a ambos lados. Por el rabillo del ojo veo que Nelson está tensando la correa de su mochila.

—¿Cómo es la biblioteca aquí? —pregunto—. Aún no he estado. Íbamos ahora...

—¿Por qué habría de saber cómo es la biblioteca? ¡Nunca voy! —sisea Ojos de Gato.

De repente los tres se nos echan encima, pero Nelson, con igual presteza, ¡les lanza golpes a la cabeza con la mochila!

—Eeeh —dice el del pelo amarillo crespo, abriendo los ojos de gato de la sorpresa.

Pero Nelson sigue haciendo girar la mochila como un desquiciado.

—¡Esto es lo más cerca que vas a estar jamás de un libro, Ojos de Gato!

El Sr. Sherman atraviesa el pasillo como un bólido.

—¿Qué está pasando aquí? —brama—. ¡Paren ya! ¡Firmes!

—Ellos empezaron —dice Nelson, bajando la mochila.

—¿Qué pasó? —pregunta el director.

—Estaba tratando de llamar a Cuba —digo.

—¡Para la próxima, usa el teléfono que está en mi oficina! —me ladra—. ¡Vuelvan a su habitación!

Nelson y yo nos alejamos.

—Y ustedes tres —escuchamos gritar al Sr. Sherman—, ¡háganme veinte flexiones! ¡Dobles!

—¡Qué! —dice Ojos de Gato—. ¿Por qué a los cubanos los mandan a su cuarto y nosotros tenemos que hacer veinte flexiones? ¡Eso no es justo!

—Esos refugiados cubanos son nuestros huéspedes —dice el Sr. Sherman—. ¡Huéspedes!

—¿Y nosotros qué somos? —pregunta Ojos de Gato.

—¡Ustedes son tres pelmazos que me van a hacer veinte flexiones! ¡Ahora! —dice el Sr. Sherman aún más severo.

MIGUEL

Los muchachos se tiran al piso y comienzan a hacer flexiones.

—Esto no es justo —refunfuñan.

—Vamos. —Nelson me jala—. Ese es Ojos de Gato. Mantente alejado de él.

—No tengo que mantenerme alejado de él porque me voy de aquí —digo.

—¿Qué? —dice Nelson, confundido.

—En cuanto llame a mi casa.

Segunda llamada telefónica

—¿Papi?

Le hago señas a Nelson de que logré comunicar.

—¿Hijo?

¡Nelson alza tres dedos para indicarme que tengo tres minutos!

—Papi, no tengo mucho tiempo. ¡Las cosas están empeorando!

—¿Cómo supiste?

—¿Eh?

—La semana pasada —dice papi, bajando la voz— explotó una bomba en una tienda en el centro de La Habana. —Hace una pausa—. No vas a volver a casa.

—¿Qué? —me atraganto.

—Decidimos reunirnos contigo en Estados Unidos.

—¿Qué?

—Solo tu madre y yo... Tu abuelo se queda, ¡qué viejo más terco!

—Pero...

—Está viejo y a veces me parece que es que no quiere dejar su Ford azul. —Sigue divagando—: Escucha... no sé cuándo llegaremos... no está fácil conseguir visas. Las colas son largas. Mucha gente quiere irse. Debimos haberlo hecho cuando se fueron tu amiga Ana y su madre hace un año.

—Ana realmente no era mi amiga... nunca le caí bien.

Recuerdo cómo me miró el día en que la paloma le cagó la cabeza a Fidel, y después cuando murió su padre... hasta se molestó conmigo por estar comiendo.

—¡Sabes de quién te hablo! —interrumpe mi padre, pero a continuación su tono pasa de impaciente a preocupado—: ¿Cómo estás? —El miedo en su voz me noquea.

—Estoy en un orfanato... —digo débilmente.

—Sí, lo sé —dice papi—. ¡Gracias a Dios!

¡Lo sabe!

—¿Cómo puedes permitir que esté aquí? —pregunto.

Nelson juguetea con las banderas americanas del Sr. Sherman, pero me doy cuenta de que está escuchando.

—Este lugar está lleno de delincuentes juveniles —continúo diciendo.

—Pero la gente de Caridades Católicas me dijo que a los cubanos los mantenían aparte —dice mi padre.

—¡Es cierto!

—Entonces, ¿cuál es el problema?

—Yo... los otros muchachos piensan... No sé... no les caemos bien... —¿Cómo puedo explicarle?

—Tú solo cuídate. ¡Haz de tripas corazón! —dice con impaciencia.

—Pero ¿qué puedo hacer? —Lo siento alejarse.

—Por el amor de Dios, Miguel... Te acabo de decir... las cosas están empeorando aquí en Cuba. Tenemos que dejar la casa, el carro, los libros, todo lo que tenemos. Tu abuelo no quiere irse, la familia se va a separar... ¿no puedes tratar de pasarlo lo mejor que puedas en un campamento de muchachos por lo menos por un tiempo...?

Se escucha un clic y se cae la llamada.

—No puedo creerlo —le digo a Nelson—. ¡Me dijo que tratara de pasarlo lo mejor que pudiera! Yo... yo...

Nelson se encoge de hombros.

—Tienes que entender que están muy lejos —dice—. No saben cómo son las cosas aquí en Estados Unidos. Además, ahora tienen sus propias preocupaciones. La más grande es cómo arreglárselas con el comemierda de Fidel Castro.

De vuelta en la habitación, Nelson agita una bolsa nueva de papitas fritas en mi cara.

—Miguel, Miguel, ¿quieres papitas?

Pero no lo escucho.

—Miguel, ¿qué pasa?

—¿Eh?

—Papitas, socio. ¿Quieres papitas? ¿Dónde tenías la cabeza, Miguel? Parecía que estabas en la luna de Valencia.

Pero no estaba en la luna de Valencia. Apenas estaba a un poco más de mil millas, en Cuba, donde mi padre me acababa de decir: "¿no puedes tratar de pasarlo lo mejor que puedas en un campamento de muchachos por lo menos por un tiempo...?".

Entonces ideo un plan...

Separación

—¿Que qué? —dicen todos en la habitación—. ¿Estás loco, Miguel?

Trago saliva.

—No, Nelson, es el único modo. Escúchame: ya hemos sido separados de nuestra casa, de nuestros padres y de nuestros amigos, ¿verdad?

—Sí, por eso tenemos que mantenernos juntos —insiste Nelson.

—¿Nos mantenemos juntos o nos escondemos juntos? —pregunto.

—Pero ¿dormir con esos delincuentes? No lo sé. Son agresivos y peligrosos —dice Nelson.

—¿Agresivos? Tú estabas bastante agresivo blandiendo esa mochila —digo.

—De todos modos no son como nosotros. Somos diferentes —dice Nelson, defendiéndose.

Los demás asienten.

—¿En qué? —pregunto.

—Nosotros no somos delincuentes. Y tenemos padres —añade Nelson bajito.

—¡Y es en eso precisamente en lo que nos parecemos! —digo.

—¿Qué? —corean todos, pasmados.

—Nosotros tenemos padres que no están aquí —repito—, y ellos tienen o tuvieron padres que tampoco están aquí. —Nadie dice nada, así que sigo hablando—. Mantenernos juntos los cubanos no funciona si estamos solos.

—Pero ¿dormir en el mismo dormitorio que ellos? —exclama Nelson, con los ojos saliéndosele de las órbitas.

—Sí —digo.

Nadie replica, así que sé que estoy en lo cierto.

Pistola casera

Hechas las maletas, los muchachos y yo avanzamos en dirección al dormitorio de los delincuentes como si caminásemos por la plancha de un barco. Al llegar echamos una ojeada al entorno. Todo el mundo está alrededor de la cama de Ojos de Gato, a excepción de un muchacho negro que lee en su propia cama.

—¡Firmes! —dice el Sr. Sherman.

Los muchachos que rodean a Ojos de Gato se ponen de pie como un tiro.

—Estos cubanitos decidieron mudarse con ustedes —dice el Sr. Sherman, poniendo los ojos en blanco—. No se fajen. ¡Es una orden! —Y se marcha.

El muchacho negro regresa a su lectura, pero los demás que estaban parados alrededor de la cama de Ojos de Gato rápidamente se vuelven hacia él... y de repente se escuchan un chasquido y un grito de dolor.

—Ay, no... —dice uno de los muchachos—. Eso sonó como una de esas pistolas de las películas. Te metiste en tremendo lío.

—Cállate —dice Ojos de Gato, y la ruda voz le tiembla ligeramente.

El muchacho que estaba leyendo deja el libro y se acerca corriendo.

—¡Sangre!

—Gracias por informarme, Julius —dice Ojos de Gato con sarcasmo—. Eres un genio.

—Será mejor que limpies eso antes de que regrese el Sr. Sherman —dice el muchacho llamado Julius, corriendo hasta la puerta.

Es como si se hubieran olvidado de nosotros los cubanos, así que nos acercamos a mirar. Ojos de Gato sostiene la mano ensangrentada contra el pecho. Sobre la cama hay una antena de carro, un pedazo de madera y unas ligas.

—¿Qué pasa? ¿Nunca has visto una pistola casera? —dice, tratando de sonar rudo, pero veo lágrimas colgando de sus pestañas doradas.

—¿Una... pistola casera? —Miro los objetos sobre su cama. No lucen como una pistola, pero deben de funcionar porque le hicieron un huequito en la mano a Ojos de Gato—. No, nunca he visto una —digo.

Escuchamos pasos.

—¡Viene el Sr. Sherman! —dice Julius—. ¡Ahora todos nos vamos a meter en problemas!

Por un momento cunde el pánico. Entonces, justo en el momento en que entra el Sr. Sherman y antes de pensar en lo que estoy haciendo, corro hasta él aguantándome el costado.

—¡La apéndice! —grito—. ¡La apéndice!

—¡Miguel! ¿Qué pasa? —dice el Sr. Sherman, confundido.

—La apéndice —repito, doblándome.

—¿La apéndice? ¿Piensas que estás teniendo una apendicitis?

—Sí, *yes* —grito.

—Ven, ven —dice él, preocupado—. Vamos de inmediato a la enfermería.

Corre conmigo hasta la enfermería, donde me acuestan

en un catre. Finjo retorcerme de dolor hasta que la enfermera llama una ambulancia. El Sr. Sherman me acompaña al hospital, y se la pasa nervioso todo el camino.

Cuando el médico me examina, hago como que me estoy sintiendo mejor.

—Tal vez fuera solo un gas —digo en mal inglés—. Ya me siento mejor.

Para cuando regresamos el Sr. Sherman y yo, Ojos de Gato ya escondió la pistola, se vendó la mano y se puso una camisa con las mangas lo suficientemente largas como para cubrirla. Cuando entro los muchachos se me quedan mirando. Los delincuentes me rodean en cuanto están seguros de que el Sr. Sherman se ha marchado. Ojos de Gato espera.

—Me gustó lo que hiciste —dice finalmente.

Dejo escapar un suspiro que ignoraba que había estado aguantando.

Amigos

A Ojos de Gato y a mí nos toca lavar la ropa. Me aseguro de que haya un montón de toallas entre los dos, en caso de que le dé por darme un puñetazo en la nariz o algo.

—Oye, Ojos de Gato, ¿para qué hiciste la pistola? —le pregunto.

Tensa el rostro.

—Porque le voy a dar un tiro en el fondillo a mi padrastro en cuanto tenga oportunidad.

Estoy atónito. ¿Darle un tiro en el fondillo al padrastro? No me pasa por la cabeza querer darle un tiro en el fondillo a mi padre. ¡Ni siquiera puedo visualizar el fondillo de mi padre! Así y todo, me atrevo a preguntar:

—¿Por qué?

Ojos de Gato me mira como si yo fuera la persona más estúpida del mundo.

—Por pegarle a mi madre. —De repente, se lleva el puño al ojo para secarse una lágrima—. Ay, hombre, realmente odio sentirme así. —Los mocos empiezan a salírsele por la nariz. Le alcanzo una toalla—. ¿Tu padre no le pega a *tu* madre? —me pregunta, enjugándose las lágrimas.

No puedo evitar reírme.

—No —digo—. Es decir, a veces discuten. Él tuvo que convencerla para mandarme a los Estados Unidos.

Ojos de Gato entrecierra los ojos como si se le acabara de ocurrir algo.

—Sí, ¿qué pasa que tantos cubanos están viniendo para acá?

Le cuento de los niños cubanos que están trayendo a Estados Unidos bajo la Operación Pedro Pan porque Castro se convirtió en un dictador.

—Un dictador, ¿eh? Vaya, eso nunca ocurriría aquí —dice, orgulloso.

—Nunca se sabe —digo, y continúo hablando—: Pero pronto me van a venir a buscar.

—Y entonces, ¿qué? —me pregunta.

—Bueno, no estoy seguro, pero probablemente mi padre encuentre trabajo y un lugar donde vivir, y yo iré al colegio, probablemente un colegio católico... algo así.

—Anjá —dice él.

—¿Y tú? —pregunto.

—¿Yo qué?

—¿Qué vas a hacer cuando salgas de aquí? —pregunto.

Se encoge de hombros.

—Ni siquiera sé si voy a salir de aquí alguna vez. Al menos no hasta que cumpla dieciocho. Supongo que podría alistarme en el ejército. —Dobla la toalla llena de mocos. Estoy a punto de decirle que la ponga en el cesto de la ropa sucia, pero algo me detiene. Ojos de Gato sigue hablando—: Esto... cuéntame de tu vida en Cuba.

De repente no tengo ganas de decirle que en Cuba mi madre y mi padre siempre estaban ahí y que no se pegaban, ni que teníamos una sirvienta que me hacía la cama y me servía el desayuno. Siento que sería como mostrarle comida al hambriento.

—¿Mi vida en Cuba? —digo—. Bueno... tú sabes... lo de siempre. Ir al colegio y eso.

Seguimos doblando y cargando toallas sin decir más nada, pero de repente siento que ya no necesito el montón de toallas entre nosotros para protegerme.

La mirada

—¡Miguel Reyes!

Pase de lista. El Sr. Sherman acaba de mencionar mi nombre.

—¡Presente! —grito.

Estar en el dormitorio principal implica estar presentes en estos estúpidos pases de lista. En la Florida nadie nos vigilaba; aquí nos vigilan todo el tiempo.

—¡Manuel Rivera!

—Presente —susurra Ojos de Gato.

¿Manuel Rivera? ¡No sabía que Manuel Rivera era el nombre real de Ojos de Gato!

—¡No te oí! —dice el Sr. Sherman—. ¡Habla alto! ¿Tienes sueño o qué?

Ojos de Gato tensa el rostro. Contempla un punto en el piso como si le estuviera haciendo un hueco. El director continúa pasando la lista.

—¡Nelson Ayala! —grita.

—¡Presente! —dice Nelson.

Entonces le toca a Julius.

—¡Julius Johnson!

—Presente —dice este bajito.

—Tú vas a ser una estrella de cine, ¿verdad? —dice el Sr. Sherman con aspereza.

Julius asiente.

—Entonces di tu nombre como un actor. Intentémoslo de nuevo. Julius Johnson —ordena.

—¡Presente! —contesta Julius en una agradable voz clara.

El Sr. Sherman observa la mesita de noche de Julius llena de libros. Coge uno y pasa las páginas.

—Dos de estos libros tenías que haberlos devuelto hace rato.

—Sí, señor, lo siento. Mañana los llevaré a la biblioteca.

—Procura hacerlo. Hay estudiantes que visitan la biblioteca de Tottenville que tal vez los necesiten de verdad.

Julius mantiene la mirada firme.

—¡Asegúrate de devolverlos! ¿Me oíste?

Entonces sucede algo increíble. Julius lentamente aparta la vista de la pared y mira al director a los ojos. Su mirada es tan penetrante que el Sr. Sherman da un paso atrás.

—¡Será... mejor... que... esto... recojas esto! —dice finalmente, y sale de sopetón.

Respiramos aliviados en cuanto el Sr. Sherman se marcha y Julius comienza a recoger sus libros.

—Ese director puede ser odioso —dice Ojos de Gato.

Asiento, pero ¡es evidente que la mirada de Julius le molestó realmente al Sr. Sherman!

Castigo

Hoy me toca pulir los pisos. La máquina gira y zumba, vaciándome la mente, y los espacios vacíos se llenan de fragmentos de Cuba. Pienso ahora en el color del mar al romper contra el Malecón, igual que hacía antes de la Revolución e igual que hará por toda la eternidad, sin importar lo que suceda. Entonces es como si escuchara el pregón del frutero: "¡Frutas, naranjas dulces!". Y el muchacho —¿su nieto?— que lo ayudaba; y Ana, ¡la pobre Ana a la que nunca le caí bien, cuyo padre rebelde murió en una de las cárceles de Fidel Castro! Entonces recuerdo pasear por La Habana con mi abuelo en su viejo Ford azul o cruzar la bahía en la lanchita con él. También recuerdo algo muy cómico: el día en que un pájaro le cagó en la cabeza a Fidel Castro, en la manifestación, y cuánto nos reímos. ¡Maldito Fidel Castro!

¡Ese último pensamiento hace que la máquina se me vaya de las manos! Mi grito hace que venga Julius, que estaba cerca limpiando los baños. ¡Entre los dos atrapamos la máquina!

—Gracias, *thank you* —le digo.

—De nada. —Sonríe y vuelve a su faena.

Pero quiero hablar más. Quiero saber de él. Mi inglés ha mejorado y me siento cómodo hablándolo. Ojos de Gato me ha ayudado de manera involuntaria. Siempre empezamos hablando en español, luego pasamos a una mezcla de español e inglés, y, sin darnos cuenta, ¡terminamos hablando en inglés! Supongo que Ojos de Gato es una especie de puente de idiomas. En realidad, todos los puertorriqueños son puentes de idiomas con todo el espánglish que hablan.

—Esto... ¿quieres ser actor? —le pregunto de una vez.

Julius se detiene y sonríe.

—Sí, como Sidney Poitier. Cuando él actúa, realmente transmite lo que siente y lo que piensa.

Pero entonces el Sr. Sherman nos coge hablando y me espanta todo lo que sé de inglés.

—¡Miguel! ¡Julius! ¿Qué está pasando aquí? ¿Por qué no estás puliendo el piso?

No tengo idea de cómo decir "¡La máquina se me resbaló de las manos!".

—Y no me vengas con que no entiendes inglés —me dice el director—. ¡Los cogí a los dos hablando! —Entonces se vuelve a Julius—: ¿Y tú? ¿Qué haces aquí dando cháchara? ¿No puedes hacer algo tan sencillo como limpiar un baño?

Julius no dice una palabra, pero, tal como en el dormitorio, mira al Sr. Sherman directamente a los ojos.

—Tú... tú... —balbucea el Sr. Sherman—. ¡Sal al patio y pon los brazos en cruz hasta que yo me acuerde!

—Pero señor... —digo.

—"Pero señor", nada —prácticamente escupe—. De hecho, ¿por qué no te le unes, señorito Miguel Reyes? —El Sr. Sherman nos lleva afuera para cumplir nuestro castigo.

¡Si las miradas mataran, el Sr. Sherman estaría muerto!

Valentía

Afuera nos paramos uno al lado del otro, con los brazos extendidos.

—Siento haberte metido en problemas —digo.

—No te preocupes, de todos modos, él me estaba cazando.

—Entonces, ¿por qué lo haces?

—¿El qué?

—Mirarlo a los ojos. Si hubieras bajado la vista a lo mejor no te habría castigado.

—¿Piensas que es por eso por lo que me castiga? ¿Porque lo miré directamente a los ojos?

—Bueno, sí. A él lo enoja que no le tengas miedo.

—¿Crees que no le tengo miedo?

Volteo la cabeza. El sol está al ponerse y casi no puedo ver a Julius.

—¿No es así? —pregunto.

—¿Qué? —dice él.

—¿No le tienes miedo?

—Sí —responde él, tan bajito que casi no lo escucho.

—Entonces ¿por qué lo miras a los ojos? —pregunto.

La pregunta lo hace tragar en seco. Echa la cabeza hacia atrás, mira hacia arriba y vuelve las palmas al cielo.

—¡Porque tengo que hacer *algo!* —dice—. ¡No puedo simplemente bajar la vista!

—*Okay, okay* —susurro.

Ha oscurecido mucho. Realmente no podemos vernos uno a otro.

—Oye, Julius... —comienzo diciendo.

Quiero contarle de Cuba, de mi terco abuelo Reyes y su Ford azul, de cómo el padre de Ana murió después de haber peleado por Fidel, de comprar naranjas de un frutero que pregonaba "¡Frutas, naranjas dulces!", cuando siento un suspiro, luego un sollozo y finalmente un llanto.

Julius deja de llorar después de un rato. Cuando el Sr. Sherman finalmente nos llama, nos tiramos en las literas. La habitación bulle de pensamientos. Los muchachos solo yacen o tosen o miran al techo. Me pregunto si Ojos de Gato estará pensando en el fondillo de su padrastro. Julius se cubre el rostro con los brazos. Tal vez piense en convertirse en actor. O tal vez se pregunte por qué le dan peores tareas y por qué el Sr. Sherman la tiene cogida con él.

Mientras escucho todo lo que pasa alrededor, me entra la preocupación de ser un refugiado, una persona forzada a dejar su hogar... y de repente y de modo irracional siento que soy el muchacho más afortunado en este lugar.

Vómito

—Papi, mami, ¿pasa algo malo?

No esperaba llamada de ellos. El Sr. Sherman me observa desde el otro lado de su escritorio.

—¡Miguel! ¡Estamos aquí! —dice mi padre.

Recorro la habitación con la mirada, pensando que van a salir de dentro de un clóset o de debajo del escritorio del Sr. Sherman o algo así. Luego pienso que quizás escuché mal.

—¿Qué? ¿Cómo? ¿Qué dijiste? —pregunto.

—¡Estamos aquí! En Miami. Nos dieron la visa hace una semana. Tratamos de llamarte desde Cuba, pero no pudimos comunicar lo suficientemente rápido —dice mi padre.

Mi madre se pone al teléfono. Habla tan de prisa que apenas puedo entenderla.

—Nos montamos en el primer avión a Miami antes de que el gobierno cambiara de idea —dice—. El Centro de Refugiados Cubanos nos buscó un lugar donde vivir. ¡Caridades Católicas está haciendo lo posible por enviarnos a Nueva York a buscarte!

—¿Cuándo...? —susurro, sintiendo fatiga.

—Miguel, déjame hablar con el director —dice papi—. Te veremos pronto...

Le doy el teléfono al Sr. Sherman y trato de escuchar la conversación, pero mi cabeza es un remolino de ideas. ¡Mis padres están en Estados Unidos... en Miami! ¡Van a venir a buscarme a Staten Island, a Nueva York! De repente el estómago me gruñe y me da un salto. El Sr. Sherman cuelga el teléfono.

—¿Qué pasa? Te ves mal —dice.

Lo miro... y entonces vomito sobre el escritorio.

—¿Qué cara...?

—Lo siento... No sé qué me pasó —digo, limpiándome la boca.

—Por el amor de Dios —gime el Sr. Sherman—. Miguel, esto es ridículo. ¡Tú y tus problemas de estómago! ¿Cómo pudiste hacer algo así?

—No lo sé —contesto.

Y es cierto que no sé. No tenía náuseas. Me sentía bien.

—¡Limpia eso! —me dice él, lanzándome el papel toalla y saliendo de sopetón.

Limpio el vómito, aún aturdido.

Más tarde, Nelson se ríe cuando le cuento lo ocurrido.

—Estás nervioso por ver a tus padres —dice—. No te preocupes, Miguel. Tal vez se alegren tanto de verte que te vomiten encima —añade, soltando la carcajada.

Padres

De pronto, ya están aquí.

Nelson, Ojos de Gato, Julius y yo estamos barriendo las hojas y siento una brisa tibia. Al darme la vuelta, veo un taxi que atraviesa el portón, con gente dentro cuyos rasgos me resultan tan familiares que el corazón me da un brinco. ¡Entonces sé que no era la brisa, sino el calor de la presencia de mis padres que me envolvía! Dejo caer el rastrillo y corro hacia ellos tan de prisa que casi vuelo.

—Vaya —gritan mis amigos detrás.

—Hijo —dice mi madre, forcejeando con la portezuela del carro para venir a abrazarme. Su abrazo casi me pulveriza los huesos—. Estás muy flaco, Miguel. ¿No estás comiendo?

Mi padre se acerca despacio y me extiende la mano. Se la estrecho... y casi chocamos al abrazarnos. Pero algo ha cambiado. Entonces me doy cuenta de que soy más alto que él.

—¡Cielo santo, hijo, cómo has crecido! ¡Sé que los muchachos crecen de un día para otro, pero tú has dado tremendo estirón en siete meses! —Se me acerca al oído y susurra—: Lo logramos, hijo. ¡Salimos de Cuba! Tuve que untar varias manos para resolver nuestros papeles, pero lo conseguimos.

Vamos dando tumbos hasta el edificio. Mis amigos se nos quedan mirando.

—Estos son mis amigos —digo, presentándolos finalmente, señalándolos con la mirada—. Julius, Ojos de Gato y Nelson.

Mis padres son corteses con Julius y Ojos de Gato y quieren conocer la historia de Nelson, pero me doy cuenta de que quieren irse pronto.

—Vamos a hablar con el Sr. Sherman y luego a prepararnos para el viaje de vuelta a Miami —dice papi finalmente.

Al día siguiente, mis padres y yo esperamos a que llegue el taxi. Mis amigos Julius, Ojos de Gato y Nelson están de pie junto a nosotros. Demasiado pronto llega el taxi, reduciendo la marcha hasta detenerse. ¿Cómo decir adiós cuando se está feliz y triste al mismo tiempo? Mientras mis padres meten el equipaje en el maletero, llevo a mis amigos aparte.

—Oye, Ojos de Gato —digo—, la próxima vez que quieras darle un tiro a alguien en el fondillo, en lugar de eso míralo directo a los ojos.

—¿Qué? —dice él.

—¡Julius te dirá cómo hacerlo!

Julius me mira y sonríe.

—Y tú, Julius… ¡espero que te conviertas en una gran estrella de cine!

—Cuenta con eso, amigo.

—Nos vemos en Miami —dice Nelson.

—¿Vas para allá? —pregunto, sorprendido.

—Nunca se sabe —dice él—. ¡Adiós!

MIGUEL

Me acuerdo de Cómico.

—¿Cuántos cubanos hacen falta para despedirse? —bromeo.

Nelson me mira perplejo.

—Ninguno —digo—, porque esto no es una despedida, es solo un hasta luego.

Poniéndonos al día

Tengo un millón de preguntas camino al aeropuerto.

—Cuéntenme de abuelo. ¿Aún maneja el Ford azul? ¿Le habla cuando no arranca? ¿Todavía odia que lo llamen compañero? ¿Y Grizelda? ¿Aún les hacía el desayuno y llevaba la casa?

—Primero que todo, ¡no pudimos convencer a tu abuelo de que viniera con nosotros! —dice mami, e intenta hacer un chiste—: Y sí, creo que es porque no quería dejar el viejo Ford azul. Y Grizelda regresó al campo con su familia y trabaja en la caña en época de zafra.

—Lo detesta —añade papi—. Podemos vivir aquí en Estados Unidos con el dinero que tengo ahorrado hasta que encuentre trabajo —continúa papi—. El Centro de Refugiados Cubanos nos encontró un lugarcito donde quedarnos.

—¡Recogí tomates! —suelto de sopetón.

—¡Cómo! —Mi madre suena alarmada.

—Por dinero. Cuando estaba en el Campamento de Florida City. Simplemente nos fugamos...

—¿Te fugaste? Miguel, ¿eso no fue peligroso? —pregunta papi—. ¿No estabas violando las reglas?

—Tendremos que hablar de eso con Caridades Católicas —le dice mami a papi—. ¡Imagínate, dejar que el niño se fugara a recoger tomates!

—¡No es para tanto! —insisto.

—¿Que no es para tanto? —dice mami, confundida.

—Había mexicanos y puertorriqueños haciendo lo mismo.

—¿Mexicanos? ¿Puertorriqueños? ¿Recogiendo tomates?

—Sí, para ganarse la vida. —De repente la conversación parece tomar un giro no deseado, así que les hablo de Julius—. Estuvo en muchos hogares de acogida.

—Sí, lo vimos. ¡Espero que no te haya hecho daño! —dice mami, preocupada.

—No, ¿por qué habría de hacerme daño?

—Bueno, nunca se sabe...

—¡Somos amigos! Hablamos acerca de lo parecida que era nuestra situación.

—¿Qué? ¿Cómo podrías estar en la misma situación que un negrito americano en un orfanato? Tú no eres huérfano. ¿Cómo puedes decir algo así? —Mami está a punto de llorar.

—Miguel, no alteres a tu madre —dice mi padre—. Estar separados ha sido muy duro para todos.

Si contarles sobre recoger tomates o sobre Julius los altera, contarles que Ojos de Gato quiere darle un tiro a su padrastro en el fondillo los mataría... así que no lo hago.

—Estoy muy contenta de que estemos juntos de nuevo —dice mami—. Va a ser igual que cuando vivíamos en Cuba.

¿Lo será?

Ustedes no me ven

Ya es tarde cuando llegamos a un diminuto apartamento encima de un garaje en Miami.

—El vestíbulo de nuestra casa en Cuba era más grande que este apartamento —dice mami en tono melancólico—. Miguel, vas a tener que dormir en un catre al lado del fregadero. ¿No te molesta?

—No hay problema —digo—. Dormía con un montón de muchachos prácticamente encima de mí en Florida City...

—Ve a dormir, hijo —dice mi padre, acariciándome la cabeza—. Ahora estamos cansados. Mañana seguimos hablando.

—Va a encender el tabaco, pero entonces recuerda—: Olvidé que los dueños dijeron que no fumáramos en la casa. Ahora vuelvo.

—Y baja la escalera a fumarse el último tabaco del día.

—Bueno, eso hará que busquemos nuestra propia casa más pronto, ¡para que tu padre pueda fumar adentro! —Mami me sonríe—. A ver, Miguel, déjame ayudarte con las sábanas —dice.

—Yo puedo solo, mami.

—No, déjame ayudarte.

—De verdad, puedo hacerlo —digo, echándome a reír—. Después de todo, he dormido en dos dormitorios... ¡en realidad, tres! Uno en el Campamento de Florida City y dos en

Mount Loretto, y en todos tuve que hacerme la cama yo mismo. Nunca me quedará tan bien como a Grizelda, pero... —Mami me observa mientras meto las sábanas y acomodo la almohada.

—Dios mío —dice, pensativa.

Me doy una ducha, me envuelvo de prisa con la toalla y salgo del baño.

—Mami, hasta en la Florida hace frío a veces. Ya tú sabes, Estados Unidos es tan grande, y solo te das cuenta de lo grande que es cuando viajas en tren de Miami a Nueva York. ¡Y en el Campamento de Florida City nos hacían comer unas verduras babosas llamadas quimbombó! ¡Puaj!

—¿Qué pasó con tu bata de baño? —pregunta mami.

—¿Qué?

—La bata de baño que te compré, la de los *cowboys*.

Me sorprende haberme olvidado por completo de esa bata.

—Esto... supongo que se perdió en alguna de las mudadas.

Mami asiente con gesto melancólico.

—La perdiste. Era tan linda. Una de las últimas cosas lindas que te compré. —Se da la vuelta, lloriqueando.

Corro a su lado y me doy un golpe en el dedo gordo del pie. Se me escapa una de las malas palabras favoritas de Cómico.

—¡Muchacho! —dice ella, escandalizada—. ¿Dónde aprendiste esa palabrota?

La mala palabra se queda flotando en el aire como un pedo. Mi padre regresa y enseguida se huele el problema.

—¿Qué pasa? —pregunta.

—¿Sabes qué palabrota acaba de usar tu hijo? —dice mami, llorosa, y se la susurra al oído.

—Noooo —dice él, sin mucha convicción.

—Mami, lo siento, pero he oído palabrotas peores aquí en Estados Unidos.

—Me pregunto qué otras malas costumbres se le habrán pegado aquí —le dice mami a papi, como si yo no estuviera en la habitación. Como si yo fuera el niñito que ellos mandaron para acá hace meses.

Reunidos

—¿Cuántos cubanos hacen falta para podar el césped?

¡Me levanto, pensando que estaba soñando con Cómico! ¡Ja! Sin embargo, era solo el zumbido de una podadora de césped. Vuelvo a la cama, sabiendo que mami fue a comprar comida y que papi anda buscando trabajo. Pero cuando estoy a punto de quedarme dormido de nuevo, vuelvo a escucharlo, alto y claro:

—Dale, papi. Dime cuántos cubanos hacen falta para podar el césped.

No era un sueño. ¡No es un sueño! Miro por la ventana. ¡Es Cómico! ¡Me visto como un tiro y salgo!

—¡Cómico, eres tú!

Cómico se queda boquiabierto. ¡Está tan sorprendido como yo!

—Qu... qu...

—¡Lo que tú digas pa tu mamá! —digo, riendo.

—¡Miguel! ¿Qué tú haces aquí?

—¡Vivo aquí! ¡Con mi mamá y mi papá! Vinieron. ¿Y tú?

—¡Aquí, podando el césped con mi padre! ¡Quiero decir, que también vivo aquí en Miami!

—¿Quién es este? —dice el padre de Cómico, acercándose. Es pelirrojo igual que el hijo.

—Este es el tipo con quien recogí tomates en el Campamento

de Florida City. ¿Te acuerdas que te conté, papi?

—Encantado —dice el padre de Cómico.

Cómico me cuenta que están esperando que a la madre le den los papeles para viajar, pero que ahora su padre está aquí, y están sacando adelante un negocio de podar jardines.

—Oye, la barriga ya no se te sale por encima del cinto. ¡Y te están saliendo unos pelitos en el bigote! —se burla.

Le pregunto por Osvaldo.

—Lo mandaron a Denver... pero no te preocupes, que en cuanto sus padres vengan a Estados Unidos él vendrá para Miami. Todos nos estamos asentando aquí en Miami porque está tan cerca de Cuba que compartimos el mismo cielo... No sé... como sea, ¡aquí estamos! —Se vuelve a su padre—. ¡Osvaldo era el otro muchacho con el que trabajé recogiendo tomates, acuérdate!

—Ustedes sí que eran emprendedores. —El padre sonríe, y añade—: ¿Tú sabes cuántos cubanos hacen falta para podar el césped?

—Ay, papi —dice Cómico—. No hagas mis chistes. ¡No los haces tan bien como yo!

—Dos —dice su padre, ignorándolo—, hacen falta dos. Tú y tu amigo Miguel.

—Esa es buena, papi. Esa es buena —dice Cómico.

—Puedo ayudar —digo, emocionado con la idea.

—¡Bárbaro! ¡Ustedes dos, encárguense! —El padre de Cómico se sienta a fumar un tabaquito.

Cómico me muestra lo que tengo que hacer. Podamos el césped y conversamos. Me cuenta que Primero nunca regresó, yo le cuento de mi apendicitis de mentira.

—Oye, ¿quieres trabajar con nosotros? —dice Cómico cuando terminamos.

MIGUEL

—¿Yo? ¿Tú crees que pueda trabajar con ustedes? —digo.

—Sí, antes de que empiece la escuela. Ganaremos un poco de dinero. Será igual que cuando recogíamos tomates. Yo convenzo a mi padre... —dice él.

—*Okay* —digo yo—. Metámosle mano.

Acomodándonos

—¡No! Ningún hijo mío va a podar el césped —grita mami en cuanto se lo menciono.

Se acomoda la bolsa de nylon que impide que el tinte del pelo le caiga en la cara.

—Pero mami, veo muchachos podando el césped por todas partes. ¡Es algo muy americano!

—¿Y si te cortas un dedo? —dice ella, interceptando una gota de tinte negro con un pañuelo.

—Mami, usé una pulidora de pisos enorme en Mount Loretto, además de otras máquinas pesadas.

—Mi pobre bebé —dice ella, abrazándome y casi embarrándome el rostro de tinte.

—Mami, por favor... ¡no soy un bebé! Ya me está saliendo bigote.

Da unos pasos hacia atrás y se me queda mirando, examinándome el rostro.

—Sí, veo unos pelitos —exclama. Y rápidamente añade—: ¡Aféitate! ¡No quiero que tengas pelo en la cara como Fidel Castro y todos esos salvajes rebeldes greñudos!

Mi padre llega a casa. Mami y yo dejamos de pelear y nos quedamos mirándolo.

—Solo hay trabajos limpiando retretes y fregando platos —suspira—. Tendremos que estirar un poco más el dinero.

—Lo sé, mi amor, por eso me estoy tiñendo yo misma. Para ahorrar.

—Yo puedo ganar dinero —digo, y le cuento del negocio de podar jardines.

Cuando termino de hablar, papi se queda mirando la bolsa en la cabeza de mami.

—Que sea tu madre quien decida —dice, alzando los brazos.

Miro a mami.

—No —dice ella, con mirada severa.

Semillas

Cómico y su padre están podando el césped afuera y mami sale corriendo de la casa a regañarme.

—Tú no estarás podando el césped, ¿eh?

—No —digo—. Este es Cómico...

De repente se da una palmada en la frente.

—¿Qué es ese olor?

—Esta hierba que acabamos de podar —dice Cómico.

Mi madre cae de rodillas.

—Ah, sí —dice, repentinamente embelesada—. Me encanta ese olor.

—Señora... —dice el padre de Cómico, uniéndose a la conversación.

—Oh...

Los presentamos.

—Lo siento mucho —dice mami, poniéndose de pie—. Qué modales. Encantada de conocerlos, es que esa hierba, el olor... bueno, ¡que me recuerda a Cuba!

—Seguro que sí —dice el padre de Cómico—. Es un césped maravilloso. Hay una variedad parecida en Cuba. Es muy resistente y bonita.

—Sí —dice mami con entusiasmo—. Primero salen las hojas

verdes cerosas, y después un montón de florecitas amarillas. Ahí es cuando más huele.

—Y luego —añade el padre de Cómico—, las flores se mueren y las semillas se dispersan por todas partes.

—Y van llevando belleza por donde caen —culmina mami—. ¿Cómo no las había visto antes?

—Señora, usted apenas se está acostumbrando a estar aquí en Estados Unidos —dice bajito el padre de Cómico—. Cuando sus ojos se habitúen a estar aquí, verá más cosas bonitas.

—Supongo que tiene razón. —Mi madre sonríe. Luego se vuelve hacia mí y dice—: Miguel... Trae a tus amigos a tomar limonada después de que los ayudes a podar el césped. —Me mira a los ojos—. Y te voy a comprar un termo para que puedas tomar algo frío cada vez que trabajes con ellos.

Recupero el aliento y pienso que estoy oyendo cosas.

—Espérate, ¿dijiste que me ibas a comprar un termo? ¿Para llevarlo al trabajo? —pregunto, con la esperanza de haber oído bien.

—Sí.

—¿Eso quiere decir que puedo trabajar con Cómico y su padre? —Casi no puedo creerlo.

Ella se encoge de hombros.

—Por supuesto. Somos todos cubanos. —Se da vuelta de manera abrupta y entra a la casa.

Intento hacer un chiste:

—¿Cuántas hierbas aromáticas hacen falta para unir a los cubanos?

Cómico me mira.

—Una. ¡Solo una! —decimos al unísono.

Parque

Me siento con mis padres en un parque lleno de cubanos del vecindario, a relajarnos en nuestro nuevo mundo. El sonido de las fichas de dominó golpeando las mesas llena el aire como un ritmo de conga.

¡Ta! ¡Ta! ¡Ta! ¡Ta! ¡Ta!

Los hombres, que ríen cuando ganan y se quejan cuando pierden, crean otro sonido familiar de Cuba. Algunos hablan de Fidel Castro y hacen tantos aspavientos que crean una brisa que trae el suave aroma de cafecito de una cafetería cercana.

—Casi me siento como si estuviera en Cuba —dice papi—. ¿Te acuerdas de que en Cuba los parques se llenaban de gente que salía a tomar el fresco por la noche?

—Sí —dice mami—. ¿Te acuerdas del rocío del mar que venía del Malecón cuando pasábamos por ahí en el carro? Me pregunto si tu padre, don Reyes, todavía maneja el Ford azul por la avenida.

—Apuesto a que sí. Mi padre es cabezón —dice papi—. Pero realmente no era por el carro por lo que no quería irse. Era por Cuba.

Nos quedamos callados y escuchamos el mundo a nuestro alrededor.

—No pudimos traer mucho de Cuba, ¡pero trajimos nuestras costumbres! —dice mami.

—Seguro que sí, mami —digo, contemplándole el pelo, que parece un nido de croquetas.

—Tú sabes, tengo una idea —dice papi—. ¿Qué te parece si saco la licencia de agente de bienes raíces y abro mi propia oficina?

—Esa es una idea fantástica —dice mami, mirando a su alrededor—. Tengo el presentimiento de que esta comunidad va a seguir creciendo.

—Si trabajamos duro... —dice papi.

—Podemos ayudar a que crezca —dice mami.

—Igual que esas hierbas —digo yo.

—¿Qué? —dice mami.

—Las hierbas de las que tú y el padre de Cómico estaban hablando.

—Ah, sí... —dice ella—. ¡Cada día veo más! Solo tenía que mirar.

Intercambiamos sonrisas y dejamos que los sonidos del parque nos envuelvan.

—¿Cuándo fue que creciste tanto? —bromea mi madre.

—Cuando no estabas mirando —respondo.

Reímos.

Hago un paneo de todos los negocitos cubanos que se apretujan a lo largo de la calle.

La tienda de tabacos Lo Tengo se apretuja entre Friedman's Bakery y Finding Underthings, la tienda de ropa interior femenina.

La tienda de música Caribe se abre paso entre Goldblatt's Meats y la tienda de camisas de hombre Stoutmen's.

La cafetería La Maravilla es un sándwich entre otras dos tiendas más viejas de Miami.

Estos negocios cubanos son como esas hierbas resistentes de florecitas amarillas, lo suficientemente fuertes como para abrirse paso entre ladrillos y cemento, creciendo hacia la luz del sol.

La educación es el único medio de salvarse de la esclavitud.

—JOSÉ MARTÍ

ZULEMA

CAMPO DE CUBA · 1961

—¡Zulema! ¿Ya trajiste el agua?

Rápidamente dejo el libro de cuentos de hadas y pienso en Ana en La Habana. Ella me regaló ese libro cuando fui a La Habana hace dos años... ¡y todavía me río cuando me acuerdo de la paloma que le cagó la cabeza a Fidel Castro ese día en la manifestación!

—¡Zulema!

Miro a través de las tablas de la pared y veo a mi madre.

¿Acaso me oyó reírme cuando tenía que estar trabajando?

No; ella está demasiado ocupada trabajando a su vez, moliendo el maíz.

¡Pum, pum, pum!

—¡Ya voy! —digo, cogiendo el cántaro.

El sol me encandila la vista en cuanto pongo un pie fuera de la casa, así que aparto la mirada para ignorarlo de camino al pozo. Imposible.

Antes de llenar el cántaro tomo agua y me echo un poco en los ojos. El agua se siente ligera y refrescante. No como cuando llene el cántaro. Entonces pesará como una piedra. Lleno el cántaro y al cargarlo hasta la casa me tiemblan los músculos.

—Zulema, ¿ya barriste el piso?

Pongo el cántaro en el suelo, agarro la escoba, espanto a la gallina de arriba de la mesa y me paro en el pasillo para que mamá me vea. Pero ella no deja de moler el grano ni siquiera para mirarme. Muele y muele y muele. *¡Pum, pum, pum!* Barro el piso de tierra, asegurándome de que el suelo quede aplanado.

—Zulema, por favor, ¡tráeme el agua!

Respiro hondo y echo un poco de agua en una jarra para llevársela. El sudor le corre por el medio de la espalda y noto que está más empapada que yo. Al devolverme la jarra me acaricia la mejilla. El sudor de su mano se mezcla con el de mi rostro y me aparto. No quiero ser como ella cuando crezca. Quiero tener todos mis dientes cuando tenga su edad. Esa idea me hace avergonzarme de mí misma. Aparto la mirada.

—Sigue con lo tuyo —me dice con una sonrisa.

Me alivia poder irme a alimentar a las gallinas y a los puercos que nombré *Sabroso* y *Chichón*, que gruñen y se apartan despidiendo una nube pestilente. El sudor de las cejas me cae en los ojos y me arde. Me los seco con el vestido. La tela me araña los ojos.

—¡Zulema! —vuelve a llamarme mamá—. ¿Qué estás haciendo?

¿Para qué quiere saber lo que estoy haciendo? Estoy haciendo lo que hago todos los días. Ir a buscar agua, barrer el piso, dar de comer a las gallinas, sentir la peste de los puercos. ¿Qué más se puede hacer aquí?

—¿Estás de nuevo pensando en las musarañas mientras tu padre está en el surco esperando que le lleves agua?

Le echo agua a mi padre en una jarra y salgo para el surco.

Agua

Llevo la jarra por el trillo sinuoso hasta un platanal de matas apenas más altas que yo. Los plátanos alargados crecen hacia el cielo y me obligan a estirarme para cogerlos cuando se maduran. Eso me gusta más que escarbar para sacar la yuca de la tierra. Escarbar me hace sentir como Sabroso y Chichón, siempre escarbando la tierra en busca de comida. Finalmente escucho a los bueyes de papá. Los bueyes son demasiado tontos para darles nombres porque lo único que hacen es trabajar como mi padre.

—¿Dónde estabas metida? —me dice él, severo, quitándose el sombrero y secándose la frente con el pañuelo.

Extiende las grandes manos hinchadas para coger la jarra y bebe. La nuez de Adán le sube y le baja mientras traga.

—Vete para la casa —me dice cuando termina, poniéndome la jarra casi vacía en las manos.

Se queja al estirar la espalda antes de ponerse otra vez a trabajar.

Cojo el camino largo de regreso; voy haciéndome preguntas sobre los árboles y las nubes y los insectos que vuelan por todas partes. El día está claro, claro, pero de repente refresca y el viento cambia de dirección. A lo lejos veo un nubarrón que avanza hacia mi casa. ¿Quién llegará primero, la lluvia o yo?

ZULEMA

Decido correr, pero primero me tomo el agua que queda en la jarra, que no pesará nada mientras fluye por mis brazos y mis piernas.

Mientras corro, el aire fresco me llena los pulmones y me olvido de todo. En un abrir y cerrar de ojos estoy frente a la casa, esperando a que la lenta lluvia me alcance. Mi madre está frente a la tendedera.

—No te quedes ahí parada —me regaña—. ¡Ayúdame a recoger la ropa antes de que empiece a llover! No quiero que se te moje el vestido. A lo mejor no se seca a tiempo para ir mañana al pueblo.

—¿Vamos mañana al pueblo? —pregunto.

—Sí —dice ella—. Hay una reunión del comité.

Me siento tan feliz que floto como el agua cuando se vuelve vapor.

Reunión

Mi padre es el último en firmar. Pone el dedo gordo en la tinta y lo plasma en el papel junto a los pulgares de los demás como prueba de asistencia.

—Vamos a dar comienzo a la reunión —anuncia el presidente del Comité de Defensa de la Revolución, el compañero Linares.

Voy de una punta a otra del pasillo de la bodega, tratando de ver todo lo que vende Jacinto: latas con imágenes de aceitunas o de tomates. Tenis blancos metidos en una cesta, vestidos amarillos y verdes que parecen flotar sobre mi cabeza. Contra la pared, veo botellas de ron con etiquetas doradas. Junto a estas, hay botellas de cerveza negra con unas coronas en la etiqueta. En las paredes, hay calendarios con imágenes de piratas y de gitanas para cada mes.

Cojo una revista del anaquel. Paso las páginas en silencio y contemplo una foto de una mujer con un poco de crema en el dedo. Por su rostro despreocupado me doy cuenta de que se trata de una crema de belleza, pero seguro es más que eso. ¿Es para mantenerse hermosa? ¿Para mantenerse hidratada? ¿Acaso el anuncio dice cómo huele? No comprender las palabras escritas alrededor de su rostro me hace sentir como si estuviera buscando algo en la niebla, fuera de mi alcance. O como cuando, algunas mañanas, la neblina es tan densa que apenas puedo ver a mi madre moliendo el maíz, y solo sé que está ahí por el sonido. Miro la foto con detenimiento y toco la revista como si eso me ayudara a entender el anuncio...

—¡Más vale que pongas eso en su sitio! —Es Cecilia, que me espía con unos ojos de lagartija que me hacen pensar que en cualquier momento va a sacar la lengua para atrapar una mosca—. No debes tocar nada a menos que vayas a comprarlo —añade.

Cecilia tiene mi edad, pero siempre se comporta como si fuera mayor.

—¡Cállate, anda! —le advierto.

—No me voy a quedar callada... no debes tocar nada a menos que vayas a pagar por ello.

Estoy a punto de empujarla cuando escucho mi nombre:

—¡Zulema!

¡Es mi primo Nilo! Me alegra tanto oír su voz que dejo la revista en su anaquel y salgo afuera.

Nilo

—¿Cecilia está aquí? —pregunta Nilo.

—Sí —le digo, un poco molesta porque preguntó por ella antes de saludarme. Pero tiene una sonrisa tan amplia que me enternece—. Hola, primo. —Le sonrío yo también.

Él se desmonta del caballo que comparte con su madre, tía Lita. En otro caballo detrás viene su padre, mi tío Zenón.

—Llegamos tarde —dice mi tío, y me acaricia la cabeza.

Nilo toma las riendas y amarra los caballos, y entramos corriendo justo a tiempo para escuchar a mi padre.

—¡A Fidel Castro ahora sí que se le fue la mano!

Tío Zenon firma con el dedo y Nilo y yo vamos al fondo de la bodega. La gente discute sobre cuánto se le fue la mano a Fidel Castro.

Nilo se lleva el índice a los labios para pedirme que me quede callada. Cuando la discusión sobre Fidel Castro alcanza los más altos decibeles, Nilo abre sigiloso un gran pomo de caramelos americanos y saca un puñado de caramelitos blancos y amarillos en forma de naranja, y me da algunos. De la nada aparece Cecilia.

—Vi que cogiste eso —dice, y los ojos de lagartija se le vuelven dos rayitas—. Se lo voy a decir al bodeguero...

—Pero, Cecilia —susurra Nilo, sonriendo de prisa—. Me los robé para ti.

—¿Qué? —dice ella.

—Para ti —dice Nilo, con una sonrisa melosa. ¡Y le da el resto de los caramelos!—. Me los robé para ti. No me vas a denunciar, ¿verdad?

Cecilia lo piensa un segundo y extiende la mano.

—Me encanta darte caramelos —dice Nilo muy formal.

Cecilia se llena la boca de caramelos y en eso escucho la voz de mi padre que se alza sobre las otras:

—Qué locura. ¡No nos pueden obligar! —escupe.

—Santiago, por favor —dice mi madre.

—Esa idea es una locura —dice él.

Contemplo a Cecilia masticar hasta que la masa cerosa y amarillenta se le acumula en las comisuras.

—Qué asco —susurro.

—¿Y qué? —dice ella, desafiante—. ¡A mí me gusta!

—Déjala que se lo coma —dice Nilo, defendiéndola.

Asqueada de los dos me voy al fondo de la bodega a husmear en el anaquel de las revistas. ¡Por el rabillo del ojo veo vomitar a Cecilia! Nilo saca su pañuelo y le limpia la cara.

—¿Qué pasa ahí atrás? —dice Linares.

—¡Nada! —dice Nilo—. Ahora limpiamos.

Chismosa y Viejo, los padres de Cecilia, corren a su lado.

—¿Te sientes mal? —pregunta la madre.

"Está empachada", digo para mis adentros, y aparto la vista de ellos para volver a la revista.

—¡Van a venir unos estudiantes a sus casas para enseñarles a leer! —continúa el compañero Linares.

Casi dejo caer la revista. ¿Oí bien? ¿El compañero Linares dijo que vendrían unos estudiantes a nuestras casas a enseñarnos a leer?

—¡Y a mirarnos por encima del hombro con sus modales de señoritos! —dice mi padre—. Jamás. ¡Vámonos! ¡Zulema! ¡Ahora!

Devuelvo la revista al anaquel y sigo a mi padre y a mi madre afuera. Mi padre busca la carreta; su rabia pone inquietos a los caballos. Mientras los calma, Nilo corre hasta mí.

—¡Toma! —dice de prisa.

—¿Qué...?

—Shhh... un premio para ti en lugar de caramelos...

Nilo me pone en la mano la revista que estaba hojeando.

—Nilo —digo, sorprendida.

—Te veo en la próxima. —Me guiña un ojo.

Me meto la revista debajo del vestido.

En el camino a casa en la carreta escucho a mis padres discutir.

—No voy a dejar que unos estudiantes se queden a dormir en mi casa. ¡No!

—Solo hasta que aprendamos a leer y a escribir —dice mamá.

—No —explota papá—. ¡No quiero que unos habaneritos de clase alta vengan a vivir a mi casa pensando que son mejores que yo! ¡No!

Siento la revista calentarse junto a mi muslo por todo el camino hasta la casa.

Brigadistas

Una semana después, estoy segura de que veo a lo lejos dos solda-dos que vienen a arrestarme por tener la revista que Nilo se robó para regalarme.

Corro adentro, me trepo a la cama y escondo la revista entre la pared y el techo de guano. Luego salgo a esperar junto a mi madre, con el corazón en la boca.

Mamá se vuelve hacia mí.

—Soldados —dice—. Creí que la Revolución se había acabado. —Y sigue moliendo maíz.

Pero veo con alivio que no son soldados, sino una mucha-chita un poco mayor que yo y un joven, vestidos con lo que parecen uniformes militares, pero no del todo. Desmontan y se nos acercan, sonriendo.

—Me llamo Carlos —dice el muchacho—, y esta es Carmen —añade, presentando a la muchacha mientras la ayuda a bajarse del caballo—. Somos los brigadistas, ¡venimos a enseñarles a leer!

Carmen me recuerda a alguien. ¿Sería a la muchacha de la revista, la de la crema en el dedo, el pelo negro rizado y las cejas arqueadas? ¡De pronto me acuerdo!

—Venimos en representación de la Campaña Nacional de Alfabetización —dice Carmen—. Nos estamos quedando en la bodega de don Jacinto, en el pueblo, hasta que escojamos una casa donde dar las clases.

¡Es una de las muchachas que andaban con Ana en La Habana hace dos años en la manifestación!

—¿Podemos entrar? —pregunta Carlos.

—Por supuesto, pero solo ella —dice mamá—. Ningún hombre entra en esta casa si no está mi marido.

El muchacho sujeta los caballos y Carmen va hacia la casa. Yo le jalo una manga de la blusa a mi madre y le digo que a Carmen la conocimos en la manifestación.

—¿El día en que el pájaro le cagó la cabeza a Fidel Castro? —Mamá me mira atónita.

—¡Sí!

Reconocerla le cambia la expresión del rostro. Alcanzamos a Carmen.

—¡Oye! —le digo, justo antes de que entre a la casa—. ¿Tú no te acuerdas de mí?

Ella me mira como si no supiera de lo que estoy hablando.

—¡En la manifestación! ¡En La Habana! ¡Nos estábamos quedando en casa de Ana!

Carmen se sorprende.

—¡Cielo santo! ¡Sí! ¡Ana! —El semblante se le nubla—. Ella era mi amiga. Íbamos juntas al colegio.

—¿Qué pasó con Ana y su familia? —pregunta mamá.

—Se apartaron de la Revolución después de que su padre muriera de un infarto. Ana me escribió una carta diciéndome que se iban a Nueva York —dice ella sin emoción.

Nos quedamos en silencio un instante, evitando dar nuestras opiniones sobre la Revolución.

ZULEMA

—¿Te acuerdas del pájaro que le cagó la cabeza a Fidel Castro? —digo.

—Ah, sí. —Se ríe.

Gracias a Dios que a todos los cubanos eso les parece gracioso. Así nos entendemos. Entramos a la casa riendo.

Incertidumbre

Carmen contempla la gallina sobre la mesa.

—¡Siéntate! —le digo.

—¿Café? —le ofrece mamá.

—No, gracias —dice Carmen, mirando a todas partes, pero concentrándose en el piso—. ¿El piso es de tierra? —pregunta, hurgando con la punta del zapato—. ¡Ay, Dios, es como decía el padre de Ana!

—Hablando de Ana, quiero enseñarte el libro que me regaló. —Corro a buscarlo y cuando regreso, ¡Carmen todavía está examinando el piso!

Alza la vista.

—¿Cómo era que te llamabas? —me pregunta.

—Zulema —le digo—. Mira: este es el libro que me regaló Ana. ¿Me vas a enseñar a leerlo?

Carmen frunce el ceño.

—Es un bonito libro de cuentos de hadas, pero ¡primero tenemos otros libros de los que aprender! Libros que contienen información importante acerca de la Revolución. ¡Libros que te ayudarán a entender la gran causa por la que lucha Fidel!

Oculto mi decepción. Cuando Carlos se entera de la coincidencia, se entusiasma.

—Eso prueba que es el destino —dice—. La casa de ustedes es perfecta para las clases de alfabetización.

—¿Todo el mundo vendrá aquí a aprender? —pregunta mamá.

—Sí, volveremos en unos días —dicen ellos, alejándose.

En cuanto se marchan, corro a la casa a mirar el libro que me regaló Ana y paso los dedos por encima de las palabras. Cuando voy al baño a hacer mis necesidades, reparo en las palabras en los periódicos que cubren las paredes. Luego saco la revista que Nilo me regaló de un agujero en el techo y la hojeo. De pronto siento que tengo unos ojos clavados en la nuca.

—¿De dónde sacaste esa revista? —Es mamá.

Me atrapó. Espera una respuesta.

—Nilo me la dio... —digo lentamente.

Ella levanta el brazo y por un segundo pienso que va a pegarme, pero no lo hace.

—Que no la vea tu padre —dice, rascándose la cabeza.

Entonces sé que está de mi lado.

—¿Crees que dejará que los brigadistas den clases aquí?

Ella se encoge de hombros.

—Ve a buscar agua.

Traigo agua, esperanzada.

Sereno

Papá llega a casa y corro a llevarle una jarra de agua antes de que se baje de la carreta. Luce más enojado que de costumbre y sigue así hasta la hora de la comida. Mamá le lleva un plato de comida y espera a que se coma la primera cucharada antes de contarle todo lo que pasó. Con la boca llena no puede contestar tan rápido.

—Uff —lo intenta, pero no le salen las palabras—. Agua —ordena. Termina de tragar y entonces dice—: ¡Ya te lo dije, no quiero maestricos en esta casa!

Dejo caer la jarra al piso de tierra. Papá explota.

—¿Qué es lo que te pasa, vejiga? ¿Por qué dejaste caer la jarra?

Abro la boca, pero no me salen las palabras. La jarra no se rompió. Ni siquiera se rajó.

Papá termina de comer, gruñe y sale a sentarse en el sillón del portal a fumar su tabaco. Mamá y yo trajinamos, fregando los platos y ordenando la cocina. Los grillos anuncian la llegada de la noche, así que enciendo los quinqués.

—Agua —ladra mi padre allá afuera.

Cojo una jarra y se la llevo.

La luz de su tabaco se une a la de mi quinqué.

—Los dos se van a enfermar si siguen cogiendo el sereno allá afuera —advierte mamá desde el interior mientras yo espero a que papá termine de beber.

—Esa es una vieja superstición —dice él—. No hay ningún sereno. ¡Estamos en 1961, no en 1861!

—Eso es verdad... estamos en 1961... ¡y ya es hora de aprender a leer y a escribir! —responde mamá, cortante.

Papá gruñe otra vez y chupa el tabaco.

—Yo soy el hombre de esta casa —le grita—. ¡Aquí se hace lo que yo diga! ¡Nadie aprende nada hasta que yo lo diga! —Y, tras un instante, ordena—: ¡A la cama! ¡Ahora!

Se saca el tabaco de la boca con los dedos gruesos como si buscara bronca; al día siguiente se mete en una.

Primer, segundo y tercer *round*

Carlos y Carmen regresan muy temprano al día siguiente, cuando papá ni siquiera ha enyuntado los bueyes a la carreta. Me visto y me pongo a trajinar como si me preparara para ir a buscar agua, pero realmente estoy escuchando.

—Señor —dice Carlos—. Su esposa probablemente le habrá dicho que decidimos que su casa era la mejor para dar las clases de alfabetización.

—A mí no me interesa lo que le dijo mi mujer, ni lo que ustedes creen que decidieron. En mi casa no va a haber brigadistas —dice papá, conduciendo a los bueyes.

—Pero Fidel Castro prometió erradicar el analfabetismo en Cuba en un año.

—¡Sobre todo no me interesa lo que piense Fidel Castro! —dice mi padre, alterándose.

—¡Pero yo conocí a su hija cuando ustedes fueron a La Habana para la manifestación! —dice Carmen en tono jovial—. ¡Qué coincidencia!

—Sí, ¿te acuerdas, papá? —digo, ofreciéndole el último trago de agua de la jarra antes de ir a rellenarla.

—¿Y qué? —dice él, cortante—. ¡Ve a llenar esa jarra!

—Compañero, ¿no le gustaría poder firmar con su nombre? —dice Carlos.

—No, me basta con mi huella —dice mi padre, crispado al oír que lo llaman compañero, pero continúa—: Además, ustedes entorpecerían mi trabajo.

—No, solo daríamos clases cuando ustedes no estén trabajando —dice Carlos rápidamente—. Nunca los molestaríamos cuando hay trabajo que hacer.

—Siempre hay trabajo que hacer —ladra mi padre.

—Nosotros los ayudaríamos —interviene Carmen—. Queremos vivir de primera mano la experiencia del campesino. Fidel dice que la gente de la ciudad debería entender cómo viven ustedes.

Regreso y les ofrezco agua.

—¿Alguien quiere agua...?

Mi padre me fulmina con la mirada mientras bebe.

—Zulema, ¿no te gustaría aprender a leer y a escribir? —me pregunta Carmen.

—¡No! —responde mi padre por mí—. Zulema va a estar muy ocupada trabajando.

—¡Como ya le dijimos, la ayudaremos! —dice Carmen.

—¿Qué saben ustedes de trabajar en el campo? —dice finalmente papá.

—¡Aprenderemos! —replica Carmen—. Eso es lo que viene diciendo Fidel. ¡La gente del campo y la de la ciudad aprenderán unos de otros!

Carlos y Carmen siguen a papá a todas partes como cachorritos mientras él pone el resto de sus aperos en la carreta. Hasta corren a su lado mientras él conduce a los bueyes a los sembrados.

—Apártense, que se van a lastimar —dice papá bruscamente, arreando a los bueyes para que se apuren.

Carlos y Carmen lo observan alejarse.

—¡Seguiremos tratando, compañeras! —nos grita Carlos a mamá y a mí antes de montarse en los caballos y alejarse en la dirección contraria.

—¿Tú crees que papá los deje dar clases aquí? —le pregunto a mamá cuando ellos se pierden de vista.

—No lo sé —dice ella, suspirando.

Segundo *round*. La siguiente vez que vienen Carmen y Carlos es tan temprano que todavía está oscuro.

—¡Hola! —llama Carlos—. ¡Estamos listos para ayudarlos!

—Y yo —grita Carmen.

Papá salta de la cama.

—Mira que fastidian esos vejigos —le dice a mamá mientras ella se pone el vestido.

—Dales una oportunidad —dice mamá, yendo a hacer café en el fogón.

—Aquí a nadie se le da una oportunidad hasta que yo lo diga —ladra mi padre.

Mamá sabe cuándo callarse. Papá sale a hablar con los brigadistas y yo espío desde la puerta. Lo único que veo es a mi padre diciendo "no" con la cabeza y a Carmen y a Carlos diciendo "sí" con la cabeza.

Al tercer día está lloviendo. Mientras contemplo la lluvia acumularse en el techo y hallar su camino en riachuelos como lazos cuesta abajo, veo que Carmen y Carlos se acercan, resbalando en el fango. Mi padre los ignora y se marcha al surco, mientras ellos se quedan ahí, empapados y varados. Los invito al portal y les doy unos trapos para que se sequen.

—Vuelvan mañana —les susurro.

Cuando escampa un poco le llevo agua a mi padre. La tierra está suave y fangosa. Papá está frustrado porque, aunque es fácil arar la tierra blanda, las semillas no se quedan en el lugar cuando las tira. De repente, el arado choca con una gran piedra. ¡El mango parece cobrar vida, salta y lo golpea en el rostro!

—¡Ahh! —ruge mi padre, alzando la vista, culpando al cielo, maldiciendo al mundo. Me mira y veo que los ojos se le llenan de lágrimas—. ¿Qué? —dice—. ¿Realmente quieres que esos brigadistas vengan a la casa?

Tengo miedo, pero asiento ligeramente cuando le entrego la jarra. Él bebe, luego se pega la jarra de arcilla fría a la mejilla antes de devolvérmela.

—¡Anda! —dice. Al darme la vuelta, lo escucho decirle quedamente al cielo—: ¿Qué se supone que haga?

Dos días después, Carmen viene a vivir con nosotros.

Orinal

Carmen está desempacando. Tengo en la mano el libro que me regaló Ana, pero me distrae la ropa interior de Carmen. Una pila de lindas combinaciones rosadas del mismo color que sus uñas. Sus medias son de un blanco cremoso.

—Me alegra mucho que estés ansiosa por aprender a leer —me dice cuando repara en mi libro—, pero tenemos que hacer las cosas en orden. Primero tenemos que acostumbrarnos unos a otros. Fidel dice que los guajiros deben llegar a conocer a la gente de la ciudad, y que la gente de la ciudad debe llegar a conocer a los guajiros. ¡Es por eso que hizo que todos ustedes fueran a La Habana! ¿Te acuerdas de cuando te quedaste con la familia de Ana y nos conocimos en la manifestación?

—Sí, claro... —respondo—, pero... —Carmen está demasiado emocionada como para escucharme.

—Ahora, ¡déjame armar el tinglado! Esto es lo que nos dio el gobierno: una hamaca, libretas, lápices y, por supuesto, un farol chino de kerosén. Nuestros faroles y los quinqués de ustedes nos darán una luz brillante. Les traeremos la luz del saber.

Cuando llega papá, corro a llevarle una jarra de agua y a ver de qué humor está, pero Carmen se me adelanta.

—¡Buenas tardes, compañero! Me estaba alistando para servir la comida.

ZULEMA

Papá pone los ojos en blanco y va hasta el pozo a lavarse. Mamá insiste en que Carmen no sirva y se siente con nosotros la primera noche. Mamá le sirve a papá, luego a Carmen y por último a mí.

—Por favor, compañera, la próxima vez me sirvo yo misma —dice Carmen, contemplando el plato de yuca y arroz—. Tenemos yuca en La Habana —dice, probando un bocado.

Me pregunto cuándo terminará de comer si come tan despacito.

—Fidel dice que la educación es un camino de dos vías —dice con una risita—. Ustedes aprenden de mí, ¡y yo de ustedes!

Mi padre bosteza y termina de comer en un dos por tres. Carmen decide limpiar los platos

—¿Dónde está la basura? —pregunta, mirando a todas partes.

—Aquí no botamos comida —le digo.

—¡Como hacen ustedes allá en La Habana! —añade papá bruscamente—. Trabajamos muy duro para conseguir esa comida. Lo que no nos comemos, se lo damos a los puercos.

—Lo siento, pensé que eran sobras para botar. En La Habana las botamos.

—Bueno, pero esto no es La Habana —dice papá, y sale a fumarse el tabaco de la noche.

Carmen coloca la hamaca cuidadosamente sobre la mesa de la cocina. Hay tanta tensión en el aire que siento alivio cuando papá anuncia que es la hora de dormir y se va a la cama.

—Buenas noches, Carmen —dice mamá.

—Sí, buenas noches —dice Carmen. Se da vuelta y se pone el camisón de dormir, y luego se quita la ropa por debajo. Se queda dormida en cuanto su cabeza cae en la hamaca.

—¡Olvidamos el orinal! —me susurra mamá.

—¡Ah sí!

Saco el orinal extra del armario y lo pongo donde Carmen seguro lo verá si tiene que hacer sus necesidades en medio de la noche. Mucho tiempo después de que mis padres empiezan a roncar y yo misma ya estoy durmiendo, oigo un grito. Los tres corremos a la sala. La hamaca de Carmen está vacía. Oímos otro grito. Corremos a ver y nos encontramos a Carmen que sale corriendo de la letrina. Tiene los cordones de las botas desatados y con una mano se aguanta el pantalón y con la otra sostiene el farol.

—Algo me picó —dice, sin aliento.

Papá coge el farol y entra a la letrina.

—Aquí no hay nada que te pueda picar —dice en tono cansado—. Te dije que esto no iba a funcionar —le susurra a mamá cuando le pasa por al lado.

Una vez dentro de la casa, señalo el orinal.

—No tienes que vestirte para salir a la letrina de noche —le digo a Carmen—. Puedes mear en el orinal.

—¿Ahí? —dice ella, abriendo mucho los ojos—. ¿Tengo que hacer mis necesidades ahí?

¿Cómo puede enseñarme a leer si ni siquiera sabe dónde mear?

Todo lo demás lo hace mal también. Barre tan duro que riega la tierra apisonada. Se echa más grano encima que el que les da a las gallinas. Los puercos le provocan arcadas. Pasa trabajo hasta llenando los cántaros, y termina volcando uno antes de que acabemos.

Sin embargo, en la noche, cuando prueba su farol y el nuestro, hay luz.

Luz brillante

Cierro la puerta de la letrina tras de mí y me quedo mirando la casa. Ya no es una casa pobre de guajiros con techo de guano y agujeros por donde se cuelan la lluvia y el frío. Ahora resplandece en medio de la noche, como una casa llena de estrellas fugaces. Pero no son estrellas fugaces, sino lámparas de kerosén que brillan con propósito y fulgor brigadista. Me pregunto si es así que lucen las ideas, y si las ideas son aún más brillantes que las estrellas.

—Un despilfarro de kerosén... ¡eso es lo que está pasando aquí! —refunfuña mi padre cuando me le acerco.

Eladia y Diego y sus jimaguas de dos años llegan cargando sillas para sentarse. Carmen va de un lado a otro saludando a todos, nerviosa. Tengo en la mano el libro que me regaló Ana y se lo ofrezco a Carmen.

—Sí, claro —dice ella—. Pero ya te dije que tengo otros libros...

Nilo llega cabalgando.

—¿Cecilia está aquí? —interrumpe, bajándose del caballo.

—No, aún no.

—¡Ustedes dos, dejen de retozar! —regaña mi padre desde el portal.

Nilo y yo nos miramos y nos encogemos de hombros. Esta noche mi padre está más cascarrabias que de costumbre. Llega más gente. Los recién casados María y Luis aparecen tomados de la mano. Chismosa y su marido, Viejo, se presentan con Cecilia, la de los ojos de lagartija.

—Déjame ayudarte con la silla —le dice Nilo a Cecilia en cuanto la ve—. Voy a sentarme al lado tuyo.

—Espero que no se caiga la casa con tanta gente —refunfuña mi padre.

Entramos. Carmen recoge la hamaca, yo espanto a la gallina de la mesa para que mi padre pueda sentarse a la cabecera y se sienta especial, pero en lugar de eso se sienta lo más lejos posible.

—Buenas noches a todos —dice Carmen—. ¡Estoy muy contenta de verlos aquí, y ansiosa por comenzar a enseñarlos a leer y a escribir! Por favor, tomen asiento.

Me siento con el libro que me regaló Ana en la mano, en caso de que Carmen quiera usarlo.

—Bien, ¡debemos aprender a leer con estos libros revolucionarios que nos dio el gobierno! —Carmen muestra una imagen en su libro—. Lo primero que haremos será hablar de esta imagen —dice.

—Un momento —refunfuña mi padre—. ¿Cómo vamos a aprender a leer mirando figuritas?

—¡Espezaremos a aprender a leer mirando imágenes y hablando de la Revolución! —dice ella, emocionada.

—¡Sabía que esto de la lectura era solo propaganda! Se lo dije. ¡Ya estoy asqueado! —dice papá.

La gente se agita en las sillas, murmurando.

—Vamos a empezar.

—Dale una oportunidad.

—Por el amor de Dios.

—¿Qué se puede decir de esa imagen? —dice papá, como si mirarla no más le provocara furia—. Es la imagen de un campesino, un hombre de traje y corbata, unos bueyes y un soldado.

¡Me da tanta rabia que interrumpa que tal vez le escupa en el agua mañana!

—Sí, pero ¿qué relación tienen *unos con otros*? —pregunta Carmen—. Miren, el campesino los representa a ustedes, el hombre de traje y corbata es el capitalismo, que se interpone entre ustedes y sus bueyes, y el soldado representa al ejército y como esta es una guerra contra el analfabetismo...

Papá refunfuña.

—Ahora —dice Carmen—, conversemos.

Se hace un silencio. Papá vuelve a refunfuñar.

—Vamos —anima Carmen—. Cualquier cosa que digan es válida.

Papá echa chispas por los ojos cuando la gente comienza a hablar.

—Tuve un buey que se parecía a ese —dice Viejo con cautela.

—¿Se supone que ese hombre sea el presidente Kennedy? Tiene mucho pelo —dice Chismosa.

Eladia y Diego hablan de lo difícil que les resulta ganar dinero para alimentar a sus hijos.

Mamá habla de lo agradecida que está por que Fidel Castro nos mandara una foto.

De pronto escuchamos unos ronquidos, y luego un estruendo a mi espalda. Todo el mundo se vira. Mi padre se quedó dormido y se cayó de la silla.

Todos se ríen. Mi padre se pone de pie de un brinco. Veo que se le pone la cara colorada como cuando uno come algo echado a perder y siente náuseas. Pero ahí no termina todo. La vergüenza parece llegarle hasta la misma punta del pelo, donde la rabia se le transforma en gotas de sudor que le corren por el rostro.

—Soy un hombre trabajador. Estoy cansado —dice, defendiéndose.

Mi madre se para.

—¿Quieres café? —le ofrece, pero sé que lo está protegiendo, igual que hace conmigo.

Nilo y Cecilia siguen riéndose.

Le doy una patada a la silla de Nilo, duro, y se cae. Entonces le doy otra patada a la silla de Cecilia, que se cae también. ¡Para que se callen!

Surcos quebrados

Despierto a Carmen antes de que cante el gallo.

—¿Queeeé...?

—Trata de ayudar a mi padre hoy en el campo —susurro.

—Eh...

—Aunque fracases, él sabrá que lo intentaste.

Tras un momento, accede.

—Estoy lista para ir al campo con usted —le dice a papá en cuanto él termina el café.

—¿Cómo? ¡No! —responde mamá por él—. ¡Quédate aquí! Trabajar la tierra es cosa de hombres. Demasiado duro para ti.

Miro a Carmen de reojo, pero me mantengo ocupada con los cántaros de agua.

—¡No! Anoche el compañero Soto dijo que estaba cansado y que tenía mucho trabajo. Quiero ayudar.

—Está bien —dice papá despacio—. A veces el clavo no cree en el martillo hasta que lo golpean.

—¿Qué quiere decir eso? —pregunta Carmen—. ¿Es un dicho del campo?

—Venga para que se entere —dice papá.

Llevo a Carmen aparte y le doy un viejo sombrero de guano.

—Toma; úsalo todo el tiempo o el sol te va a calentar el pelo y te va a hacer un hueco en la cabeza. Y trabaja despacio, como los bueyes.

Pienso en Carmen mientras trabajo en la casa y al mediodía me apresuro a llevarles agua a ella y a mi padre.

Carmen está empapada de sudor y tiene el rostro colorado del esfuerzo. Traga con dificultad, y tiene las uñas rosadas partidas y astilladas.

—Carmen, ¿lista para regresar a la casa? —le dice papá luego de beber su ración de agua.

—No, no, puedo trabajar la jornada completa. —Carmen está avergonzada, pero veo en su rostro también lágrimas de furia.

Cuando regresa a la casa al final de la jornada, noto que está tan destrozada como sus hermosas uñas rosadas. Tiene las palmas de las manos en carne viva.

—Estoy bien —dice, pero se desploma en el portal y recuesta la cabeza contra una columna—. Me acostumbraré al trabajo duro.

Sin embargo, me doy cuenta de que le duele todo. Es un rompecabezas que me despierta la curiosidad.

—¿Por qué lo haces? —le pregunto cuando mamá se va a cocinar y papá se está lavando.

—¿Qué cosa? —pregunta ella.

—Venir aquí a enseñarnos pasando tanto trabajo.

Se sienta y es como si un relámpago le recorriera el cuerpo. Los ojos le brillan y tal pareciera que se ha olvidado de los dedos ampollados, la frente quemada por el sol y la espalda que imagino adolorida.

—Para hacer algo diferente —dice, emocionada—. Para llevar una vida distinta a la que mis padres planificaron para mí, de casarme y tener hijos y vivir en el mismo barrio de La Habana, cerca de ellos, e ir a la iglesia todos los domingos. ¡UFF!

—¿Qué tienen de malo todas esas cosas? —pregunto bajito.

—¡Nada! Pero quería estar segura de querer hacerlas... ¡de que no las haría solamente porque es lo que se espera de mí! ¡No quería pasar de ser la hija de alguien a ser la esposa de alguien sin pensarlo un poco siquiera! Solo quería probar algo nuevo, por mí. Quería ver de qué era capaz, ¡yo sola! —Hace una pausa, y entonces me mira a los ojos—. ¿Es eso tan terrible?

Veo que las lágrimas comienzan a brotarle de los ojos.

Papá sale al portal y hace como que no nos ve, pero sé que lo ha visto todo.

Pe de papá y de pizarra

Las letras no son mudas. Las consonantes hacen sonidos con las vocales. Estoy aprendiendo.

—¡A, e, i, o, u! —dice Carmen, escribiendo las vocales en un pedazo de hojalata que usa de pizarra—. Copien lo que yo escriba y repitan conmigo. —Escribe una letra, pronuncia el sonido y lo repetimos, como una canción.

Carmen continúa con el resto de los sonidos y las letras, que bailan en mi cabeza hasta cuando las escribo.

Nilo se me arrima y me enseña su libreta. Dibujó una cara redonda con grandes orejas y el pelo enmarañado.

—¡Mira, Zulema! —dice, riéndose.

—Shhh —le digo, pues no quiero que me distraiga—. ¡Escribe las letras! Mira: hasta Cecilia está escribiendo.

A Nilo le brillan los ojos.

—¡Voy a ver qué está haciendo! —dice, y se acerca a ella.

Carmen va de acá para allá, mirando por encima del hombro lo que hace cada cual. Se detiene junto a papá.

—Compañero Soto —dice—. Está sujetando el lápiz de manera incorrecta.

Papá sujeta el lápiz como si fuera un machete. Carmen le muestra cómo hacerlo, separándole los gruesos dedos. Él lo intenta.

ZULEMA

—¿Así? —pregunta.

—Sí —dice Carmen, amablemente—. Casi lo logra... pero es más así. —Le muestra cómo.

Él intenta sujetar el lápiz, pero el trozo de madera se pierde en su mano como si nunca hubiera existido. Papá a duras penas lo nota hasta que abre la mano y ¡ve que el lápiz ya no está ahí! El rostro se le tensa cuando Carmen recoge el lápiz del piso y se lo vuelve a poner en la mano.

—Mire —le dice—, si lo sujeta así...

De pronto, a papá se le pone la cara colorada. Su bochorno me entristece.

—Déjeme —grita—. ¡Déjeme en paz! —Las sillas chirrían cuando todos se vuelven a mirarlo.

—Compañero... solo trate... —Carmen intenta acomodarle la mano alrededor del lápiz pero ¡él tira el lápiz contra la pared, y la libreta vuela hasta el piso!

—¿Qué pasa? —dice Carmen, alarmada.

—No soy un bebé al que haya que enseñarle cómo sujetar algo. Soy un hombre hecho y derecho que trabaja la tierra para alimentar a esta familia. Mis manos están hechas para el trabajo... no para sujetar lápices.

—Compañero —dice Carmen—, puede lograrlo. Solo sujételo.

—¡Usted no tiene idea de nada! —Tiene el rostro colorado como una brasa—. No. ¡Esto es una pérdida de tiempo! —dice, saliendo de sopetón.

Se hace un silencio.

—Tal vez sea suficiente por esta noche —dice Carmen cuando el silencio se vuelve insoportable.

Todos se van. Esta noche, la casa no parece tan grande para albergar a todos. Carmen se sienta apartada hasta que mi padre regresa y le hace señas a mi madre y ambos se van a la cama. Entonces Carmen regresa de puntillas, cuelga la hamaca y se acuesta en ella.

Finalmente, cuando todos duermen, cojo el quinqué y voy a la letrina. Allí sostengo el quinqué en alto para iluminar los periódicos de las paredes. Encuentro las aes y las es y las íes de las que hablaba Carmen. Hago todos los sonidos hasta que se gasta todo el kerosén y se apaga el quinqué. Entonces tengo que encontrar el camino de vuelta a la casa a oscuras, pero no me importa porque hay otra luz en mi cabeza que me alumbra el camino.

Zulema Soto

Contemplo mi nombre: Z-u-l-e-m-a S-o-t-o, escrito por Carmen en la pizarra.

—Zu-le-ma Sss-o-ttt-o —susurro, pronunciando todas las letras, disfrutando del modo como luce escrito.

—El próximo nombre que voy a escribir es muy especial, ¡pues es el nombre del hombre de la casa, que tan generosamente nos ha permitido usarla!

Mi padre se sienta al fondo, con los brazos cruzados, mirando por la puerta para afuera.

—No me meta en eso —refunfuña.

—Por supuesto —dice Carmen—. Sin embargo, al menos deberíamos hacerle el honor de escribirlo.

Escribe S-a-n-t-i-a-g-o S-o-t-o en la pizarra, pronunciando cada letra a medida que la escribe. Cuando termina, se hace un silencio en la habitación.

—¿Ese es mi nombre? —susurra papá, asombrado.

—Sí —contesta ella—. Usted es Santiago Soto.

Él se queda mirando el nombre.

—No me hace falta saber cómo se escribe mi nombre —dice de súbito—. Me gusta usar mi huella. Me ha funcionado por muchos años.

Carmen continúa y escribe el nombre de mamá: I-s-a-b-e-l S-o-t-o.

—¿Y usted, compañera? —dice Carmen, volteándose a mamá.

—¿Qué? —Mamá está boquiabierta.

—Este es su nombre —dice Carmen—. ¿Qué le parece?

—Ella prefiere firmar con una equis —papá responde por mamá.

Mamá le lanza una mirada fulminante antes de copiar su nombre en la libreta.

Para ese entonces yo ya he escrito "Zulema Soto" cien veces en la mía.

Esa noche encuentro el libro de cuentos de hadas que me regaló Ana de La Habana. Miro la ilustración al comienzo de cada cuento y trato de pronunciar las palabras en voz alta.

Logro leer "manzana", "cerdo", "perro", pero ¿qué estoy leyendo? ¿Lo estoy haciendo bien? Sin darme cuenta he ido de atrás para delante, por todos los cuentos, captando palabras aquí y allá. Me parece que leer así es como cuando mamá intenta desenredarme el pelo. Comienza en la parte superior de la cabeza y va zafando el enredo hasta llegar abajo. Luego vuelve a empezar y desenreda las pequeñas marañas. Y así, una y otra vez. Las marañas son las palabras que no comprendo, de modo que regreso una y otra vez al comienzo de las historias, para desenredar sus misterios.

Escribo mi nombre, Zulema Soto, en la primera página del libro para que todo el mundo sepa que es mío.

Amor entre las letras

Nilo, Cecilia y yo corremos hasta el extremo del pueblo antes de que comience la reunión del comité. Encuentro un palo y escribo mi nombre en la tierra: "Zulema Soto".

—¿Puedo probar yo a escribir mi nombre? —pregunta Cecilia.

Le doy el palo. Ella escribe las tres primeras letras, pero se traba.

"¡Qué tonta!", pienso.

—Te mostraré —digo, y escribo el resto del nombre.

—Escribe el mío debajo del de ella —dice Nilo, como quien no quiere la cosa—. Se ve bien —dice cuando termino.

Entonces dibuja un corazón alrededor de su nombre y el de Cecilia, y la mira con timidez. Cecilia se hace también la indiferente, pero me doy cuenta de que ambos se gustan.

—Volvamos —digo para recordarles que estoy aquí.

—Sí, vamos a buscar caramelos —dice Nilo.

Regresamos caminando y ellos se quedan rezagados. Decido que no me interesa su estúpido romance y aprieto el paso, pero de súbito tengo que parar: llegada a cierto punto el aire tiene un centelleo tenebroso. De pronto siento que un peligro emana de la bodega, y me jala hacia él.

Camino cada vez más de prisa, ¡y en un instante comienzo a correr!

—¿Qué?

—¿Eh?

—¡Espera!

Nilo y Cecilia me gritan... y corren tras de mí.

Irrumpo en la bodega. Todos se miran con rostros afligidos, sibilando preguntas sin respuesta.

—¿Lo asesinaron?

—Lo mataron.

—¿Mataron a un brigadista?

—¿Cómo puede ser?

—¿Quién haría algo así?

—¿Por qué?

—¿Dónde?

—¿Cuándo?

Busco a Carmen y a Carlos con la mirada. Están intentando calmar a la gente. Siento alivio al ver que están bien.

—Cerca del cafetal de Palmarito —dice el compañero Linares.

—Este es un incidente aislado —dice Carlos, abanicando con las manos—. Ocurrió del otro lado de las montañas, muy lejos de aquí. Mantengan la calma.

—Un caso aislado. Eso no quiere decir que debamos cesar las clases —dice Carmen rápidamente.

Enseguida nos llaman nuestros padres.

—¡Zulema! —grita mamá.

—¡Nilo! —grita mi tío.

—¡Cecilia! —grita Chismosa.

Obedecemos y corremos a sus brazos. Una vez que nuestra cercanía los tranquiliza, continúan hablando sobre los contrarrevolucionarios que tal vez hayan cometido ese crimen terrible. Miro de reojo a Carmen, quien no parece asustada. Todo el mundo habla y murmura, y las preocupaciones llenan el aire hasta que es hora de irnos.

Antes de regresar a casa, me las arreglo para volver al extremo del pueblo donde Cecilia, Nilo y yo escribimos nuestros nombres en la tierra.

Borro los nombres con el pie, por si acaso hay contrarrevolucionarios vigilando.

Padres

Días después, estoy alimentando a las gallinas, pero miro a mi alrededor de vez en cuando por si veo algún peligro. De repente escucho un carro. ¿Los bandidos andan en carros? Carmen y mamá, que están colgando la ropa, lo oyen también. Las tres nos paramos de puntillas para ver. ¡Un hombre y una mujer se acercan a nuestra casa en un carro amarillo!

—¿Mami? ¿Papi? —suspira Carmen, mirando por encima del hombro—. ¿Qué hacen aquí?

Mamá y yo nos tranquilizamos. ¡Son los padres de Carmen!

—La pregunta es qué estás haciendo *tú* aquí —dice el hombre con severidad.

La madre abraza a Carmen, y luego le acaricia los brazos. De súbito suelta un grito y les da vuelta a las manos de su hija.

—¡Mírate las manos! —dice—. ¡Tan callosas y enrojecidas como las de un obrero cualquiera!

Carmen esconde las manos a la espalda.

—¡Eso no tiene importancia! ¿Qué hacen aquí? —vuelve a preguntar.

El padre da un paso al frente y la abraza.

—¡Venimos a llevarte a casa! —dice, severo—. ¡Oímos hablar de amenazas en contra de los brigadistas! Esto se está volviendo peligroso. ¡Deja ya esta bobería! Ve a buscar tus cosas.

—No, no voy a irme a casa. —Carmen se echa para atrás—. No voy a renunciar. Es importante que me quede —insiste.

—Pero ¿por qué? ¿A quién le importa si esta gente aprende a leer? —dice la madre—. ¡Tú nunca me haces caso!

Carmen se vuelve hacia nosotras, poniéndose colorada.

—Ellas son mis alumnas. Estas son Zulema y la compañera Isabel.

Mamá y yo avanzamos nerviosamente hacia ellos, sonriendo. Mamá les ofrece café, y ellos lo rechazan. Entonces mi madre me hala a la casa, pero los espiamos desde la puerta.

—Ella debería irse a su casa con sus padres —susurra mi madre—. ¡Debería hacerles caso! Ellos la quieren. La extrañan. Igual que yo te extrañaría a ti si tú te fueras.

—¿A dónde voy a ir, mamá? —digo.

Nos quedamos mirándonos y la pregunta queda flotando en el aire. Nunca antes había surgido, y si lo hubiera hecho, ninguna de las dos tendríamos respuesta.

Carmen y sus padres discuten un rato más. Finalmente, la madre y el padre se montan en el carro amarillo y se alejan. Carmen vuelve a la casa distraída y repentinamente exhausta.

—Muy bien... ¿en qué estábamos? —dice con enojo, con el ceño fruncido.

—Gallinas y ropa —le digo.

—¿Eh? —pregunta Carmen.

—Yo estaba alimentando a las gallinas y ustedes dos estaban colgando la ropa —digo.

Carmen se toma un minuto. Con una mano callosa se seca la distracción y la confusion de la frente.

—¡Espera un momento! —dice—. ¡Vamos a ver ese libro que te regaló Ana!

Me entusiasmo y corro a buscarlo. ¡Nos sentamos en el portal y abrimos el libro!

—Repite conmigo: "Había una vez..." —dice Carmen.

Esas palabras me remontan a La Habana dos años atrás, cuando conocí a Ana y ella me regaló el libro.

De cierta manera, Ana fue quien inició todo esto.

Lavando en el río

Hoy el agua está riquísima. No corre de manera monótona, tensándome los músculos. Más bien lo hace ligeramente, aliviándome los pies y lavando bien la ropa; en eso estamos Carmen y yo, y acabamos de colgar la ropa entre las matas cuando empiezo a desvestirme.

—¿Qué tú haces? —dice Carmen, alarmada.

—Siempre doy un *nadaíto* después de lavar la ropa —le digo, quedándome en ropa interior.

Hace una pausa y luego dice:

—¡Si tú lo haces, yo también puedo! —Y se quita la ropa.

Sin decir palabra se mete en el agua.

—Cuidado, Carmen, ¡no...!

—¡Caramba!

¡Demasiado tarde! Se cae en la parte honda del río. ¡Sale a la superficie escupiendo agua!

—¿Qué pasó?

—El fondo del río es desigual —digo—. Ten cuidado.

Entonces empieza a llorar.

—¿Qué pasa? —le pregunto.

—Nada. Solo estoy cansada y me duelen las piernas y los brazos... y todo esto es tan diferente —dice ella, abriendo mucho los ojos.

—¿Qué cosa? —pregunto, confundida.

—Todo. Lavar la ropa sobre las piedras como acabamos de hacer, colgarla en las matas, meternos al río sin trajes de baño... que me duela todo el cuerpo.

—Ven —digo, ayudándola a llegar a donde da pie y luego hasta mi piedra favorita en medio de la corriente.

—Eres muy fuerte —nota, aferrándose a mi brazo para subir—. Supongo que cargar agua todos los días te dio esos músculos. —Hace una pausa—. Ahora sobre todo me duelen los brazos, pero al menos el dolor me ayuda a saber dónde están mis músculos —añade bajito—. Soy más fuerte de lo que mis padres piensan. No soy una princesita presumida, metida todo el día en la casa. —Hace otra pausa—. La verdad es que yo no sabía si era fuerte o no hasta que vi por primera vez el cartel que decía: "¡Muchachos y muchachas, únanse al ejército de jóvenes alfabetizadores! ¡El hogar de una familia de campesinos que no saben ni leer ni escribir espera por ustedes! ¡No los defrauden!". Los carteles estaban por todas partes... ¡fue entonces que supe lo que tenía que hacer!

El sol comienza a ponerse y las sombras se nos echan encima.

—¿Por qué alguna gente no quiere que yo aprenda a leer? —me atrevo a preguntar en medio del fresco.

—¿Qué?

—Los contrarrevolucionarios que mataron al brigadista por enseñar, ¿por qué no quieren que yo aprenda a leer?

Carmen respira hondo.

—¡Oh, no! ¡No tiene nada que ver con que tú aprendas a leer!

—Entonces ¿por qué?

—Los contrarrevolucionarios simplemente están en contra de *cualquier cosa* que Fidel piense...

—Ah...

—¡A veces creo que si Fidel dijera que el cielo es azul, algunos contrarrevolucionarios dirían que no lo es!

—Ah...

—Así son las cosas cuando la gente se pelea por emociones en vez de por ideas.

—Ah...

—Y, tú sabes, todo es relativo...

—¿Como el agua? —digo.

—¿El agua?

—Sí, a veces puede ser odiosa cuando la cargo... ¡o maravillosa y adorable como hoy!

Carmen se me queda mirando y se echa a reír.

—¡Yo creo que tú eres poeta y no lo sabes!

Recogemos la ropa y emprendemos el camino de vuelta.

Contrarrevolucionarios

Hoy la lluvia lo ocupa todo mientras la escucho caer y practico las letras. Suena alto al caer sobre el tejado de latón que cubre a los puercos. Suena bajito como pisadas sobre el techo de guano. Suena como una cascada sobre las piedras. Los sonidos de afuera se mezclan con los de adentro, con el sonido de los lápices arañando el papel, mi voz pronunciando las letras, las risitas de Nilo y Cecilia. Los sonidos de afuera incluso complementan las toses, el crujido de las páginas al pasar, los quejidos de frustración y hasta los ronquidos... todos los sonidos maravillosos de escribir y leer palabras.

¡Pero nuestro mundo perfecto se interrumpe cuando de buenas a primeras escuchamos el galope de un caballo! Carmen y yo nos miramos una a otra y corremos a la puerta a tiempo de ver a Carlos saltar de su caballo y avanzar hacia nosotras con los ojos hinchados. Nos hace entrar en la habitación.

—¡Quédense adentro! —ordena.

—¿Qué pasó? —preguntan todos, alarmados.

—Hay bandidos por todas estas lomas —dice, jadeando—. Destruyeron algunos de nuestros campamentos.

—¿Los destruyeron? —pregunta papá.

—¡Sí!

—Pero ¿quiénes son? —pregunta mamá.

—¿Quién sabe? Fanáticos —dice Carlos.

Mi padre se levanta. Sus manotas tal vez no puedan sujetar un lápiz, ¡pero saben blandir bien un machete!

—¡Rápido! ¡Apaguen los faroles! —susurra.

Mamá y yo soplamos para apagar los faroles.

—Pero ¿por qué? ¡Ahora no vemos nada! —dice Carmen.

—Sí, esa es la idea —dice papá, exasperado—. Y ahora los bandidos no nos pueden ver tampoco. No queremos que la luz los atraiga. Todo el mundo, cállense y quédense aquí. Carlos, tú, mi hermano Zenón y yo vamos a patrullar el área.

—¡Yo también voy! —dice Nilo.

Corren afuera, montan los caballos y se alejan cabalgando.

La lluvia amaina con el paso de las horas, pero todavía cae una llovizna que nos hace conciliar un sueño inquieto.

—¿Qué tú crees que esté pasando? —pregunta Cecilia, nerviosa.

—No pasa nada —digo, sin saber si es cierto.

—¿Tú crees que Nilo esté bien? Nada puede pasarle, ¿verdad? —dice ella, con grandes lágrimas asomándosele a los ojos.

La miro y me pregunto si habrá sido el amor el que transformó sus ojos de lagartija en bonitos círculos de preocupación. Me coge la mano y me sorprendo a mí misma dejando que la coja.

¡El mundo está patas arriba si Cecilia y yo nos tomamos de las manos!

A salvo

Todos estamos en un estado entre vigilia y sueño cuando llega el día como una sábana lechosa. Mamá enciende el fogón y hace café. Se asoma por la ventana cuando oímos caballos que se acercan.

—Alcánzame ese sartén —susurra.

Los hombres cogen sillas para usarlas como armas. Yo agarro mi escoba.

Cecilia comienza a lloriquear.

—¿Son los contrarrevolucionarios? —pregunta.

—Ven, toma —le digo, dándole la escoba—. Si alguien entra, dale con esto en la cabeza.

Cojo otro de los sartenes de mamá y me asomo por la ventana.

—Ve para allá atrás —me dice mamá, sosteniendo el sartén en alto.

Pero me quedo a ver.

—Oigan —llaman los de afuera.

Son mi padre, tío Zenón y Nilo. Respiramos aliviados. Mi madre, tía Lita y yo corremos a su encuentro.

—Patrullamos por todas partes —dice mi padre—. Lo único que vimos fueron los restos de un campamento. Los bandidos dejaron basura y algunas latas vacías de frijoles. Creo que la lluvia los ahuyentó de esta área... los muy pendejos. —Él y Nilo entran a la casa y papá se derrenga en una silla, exhausto—. Creo que todos se pueden ir ya a sus casas.

—Esperen, hay algo que deben saber —dice Carlos.

Todos nos volteamos atontados hacia él.

—Diego y Eladia han cambiado de bando. Ahora son contrarrevolucionarios —añade.

Mi padre suelta un suspiro, y la habitación se sumerge en el silencio. Miro a mi alrededor y me doy cuenta de que Diego y Eladia no están allí. Pienso en sus hijos. Mi padre esconde la cara entre las manos.

Todo el mundo se va, mezclándose con la neblina, atrastrando detrás sus bancos y sus sillas.

Papá está asqueado y molesto.

—Lo sabía, sabía que esta *aprendedera* a leer era peligrosa. Nunca me importó esta Revolución. ¿Qué es lo que les pasa a los cubanos? ¿Pelean por la libertad y después pelean entre sí? Estoy cansado de todo eso.

Carmen se queda callada, pero luego interviene.

—Yo quería ayudar a la Revolución. Vine aquí a enseñar, a pesar de que mi padre y mi madre no querían.

—Nadie nos preguntó a los guajiros qué queríamos —dice papá.

—Rompimos un montón de viejas tradiciones... —riposta Carmen.

—No hay nada malo con las tradiciones —la interrumpe papá.

La lluvia cesa de una vez. Las nubes se despejan y sentimos el calor del sol. La habitación está tan silenciosa como bulliciosa era la lluvia.

—Tengo que ir al surco —dice papá—. Puede que los bandidos hayan dañado algo por ahí. No lo sé.

—Pero... —comienza a decir mamá.

—Después descanso —responde él secamente—. Quédense hoy cerca de la casa —nos ordena a mi madre y a mí—. Usted también, Carmen.

Se toma el café. Le sirvo una jarra de agua del cántaro de barro. Agua es lo único que tengo para darle.

Emergencia

Hay una reunión de emergencia en la bodega.

—¿Quién es el responsable de lo que pasó? —exige mi padre.

—No sé —responde el compañero Linares—. No tenía noticia de que ningún contrarrevolucionario anduviera por la zona. Aquí todo el mundo está con la Revolución.

—No la gente que me pisoteó los sembrados. ¿Quién va a pagar por eso? ¿La Revolución? —dice papá.

El compañero Linares mira a todas partes nervioso.

—Vamos a averiguarlo. Lo juro. Cuando terminen las clases y le escriban a Fidel.

¡Mi padre explota!

—No va a haber más clases. ¡Es peligroso! Había bandidos por aquí buscándonos por participar en esta Campaña de Alfabetización. ¿No tienen miedo? —añade, mirando a todo el mundo.

Es posible que haya contrarrevolucionarios entre nosotros, como Diego y Eladia. Qué locura.

—Tal vez cuando le escribamos nuestras cartas a Fidel podremos quejarnos como sugiere el compañero Linares —dice Chismosa.

—¡Cartas a Fidel! ¡Cartas a Fidel! ¿Ustedes creen que escribirle una carta a Fidel Castro va a resolver algo? —Mi padre es como esas gotas de resina que se escapan de la madera quemada. Quiero correr hacia él y alejarme de él al mismo tiempo—. ¿Nadie se da cuenta de lo que pasó aquí recientemente? —continúa papá—. ¡Había bandidos en estas montañas! Miren, a mí no me gustan estos brigadistas, pero son gente joven, inocente... ¡y no deberían ponerse en peligro por culpa de Fidel Castro!

—Pero no nos importa ponernos en peligro —dice Carmen—. O sea, claro, no queremos ponernos en peligro, pero tenemos una tarea que cumplir. Un trabajo que hacer.

Mi padre no puede creer lo que oye.

—Yo quiero olvidarme de eso de leer y escribir. Quiero volver a usar mi huella.

—Pero ¡no podemos parar ahora! —dice Carmen—. ¡Fidel prometió cien por ciento de alfabetización en Cuba en un año!

—Por favor, joven. No me meta en esa pelea. No me diga lo que tengo que hacer. Vuelva a la casa y descuelgue su hamaca. Lo siento, pero no va a haber más clases de lectura en mi casa. Dé las clases en casa de otro —dice, alzando las manos—. No quiero tener nada que ver con leer y escribir. Tengo que proteger a mi familia.

Quisiera poder salir volando de este estúpido lugar.

Retirada

Carmen recoge sus cosas en silencio mientras Carlos la espera afuera.

—Lo siento —me susurra. Mira alrededor, satisfecha de tenerlo todo en orden—. Creo que eso es todo.

—¿Qué vas a hacer ahora? —pregunta mamá. Papá frunce el ceño en un rincón.

—Terminar las clases en casa de otra persona. Probablemente en casa de Cecilia.

—Esa casa tiene una sola habitación —digo.

Carmen fuerza una sonrisa.

—Sí, vamos a estar apretados y tal vez tengamos que dar las clases afuera, pero lo haremos lo mejor que podamos hasta que el trabajo esté hecho.

—Pronto habrá que cosechar la yuca —dice mamá.

—Nos las arreglaremos.

—Y luego los plátanos...

—Nos las arreglaremos también —dice Carmen, colgándose la mochila.

Da una última ojeada alrededor y avanza hacia la puerta.

—Espera, voy a coger mi libreta y voy contigo —digo.

—Zulema, ¿a dónde crees que vas? —dice papá, que no había dicho palabra, en voz alta.

—Con Carmen a la clase de hoy —digo, confundida.

—¡No puedes ir con Carmen a casa de Cecilia! —truena él.

—¿Qué? ¿Por qué no? —digo, mirando frenética a todas partes. Me volteo hacia mi madre, que esquiva la mirada.

—¡Esos contrarrevolucionarios pueden estar en cualquier parte! Podrían aparecerse de pronto en casa de Cecilia como mismo hicieron aquí.

—Pero... —Me pongo roja de furia.

—¡Nada de peros! ¿Qué clase de padre sería yo si dejara que corrieras peligro?

—Pero, compañero... —dice Carmen.

—¡Yo soy el hombre de la casa! ¡Tengo que hacer lo que sea mejor para mi familia! ¿Por qué nadie lo entiende?

—Pero, Santiago... —dice mamá.

—Buena suerte, Carmen —dice papá, poniéndome su hinchada y odiosa mano en el hombro. Caigo al suelo y dejo de sentir su mano—. Gracias, pero queremos volver a la normalidad.

No puedo creer lo que acabo de oír. ¿Qué normalidad? ¿La normalidad de barrer el piso, buscar agua, alimentar a las gallinas, espantar a las gallinas de la mesa de la cocina, lavar la ropa? Gimo y las lágrimas se aprestan a brotar, pero tenso el rostro y las detengo justo a tiempo.

—Es hora de volver a la rutina —dice papá en tono gruñón, saliendo al portal y encendiendo el tabaco.

Carmen se acomoda la mochila y sale a juntarse con Carlos. Se montan en los caballos. Aguanto la respiración mientras contemplo mi última oportunidad desvanecerse en una curva. Mamá va a la cocina y empieza a cortar la yuca para la comida, como si nada hubiera cambiado.

ZULEMA

—Zulema, ¿puedes traerme un poco de agua? —llama papá desde el portal.

Las lágrimas me vencen y finalmente brotan, quemándome el rostro.

Mamá continúa cortando la yuca.

Paso corriendo por al lado de papá, que me mira estupefacto, y me meto en la letrina a golpear las paredes con los puños.

Embaucada

A partir de ese momento, empiezo a salir a la letrina aunque no tenga que hacer mis necesidades y me pongo a mirar los periódicos de las paredes. Encuentro palabras fáciles de leer.

Leo: *Hoy en La Habana*... pero el papel está rasgado o pegado sobre otro que dice: *En los Estados Unidos*... pero tampoco puedo leer ese porque el resto de las palabras están pegadas encima de medio cartón que dice: *Las Naciones Unidas*...

Quiero saber más. Quiero saber qué dice el resto de todas las noticias. Quiero saber qué dicen los periódicos debajo de los otros periódicos. Quiero saber cosas que están fuera de mi alcance.

Me siento traicionada... embaucada para que siga cargando agua y alimentando a las gallinas y a los puercos y barriendo el piso de tierra. Me han privado de oportunidades porque hay gente que pelea contra Fidel Castro por cosas que ni siquiera me importan.

¡Yo solo quiero leer! Leer y ver qué hay a continuación y debajo de los periódicos.

—Zulema, ¿en dónde tienes la cabeza? —me pregunta mamá, temerosa.

No le respondo porque mi cabeza está en otra parte. Barro el piso y las marcas que va dejando la escoba me hacen pensar en las letras. Ignoro a propósito la caca que la gallina deja sobre la mesa de la cocina. No respondo cuando mi madre me llama porque tengo mejores cosas que hacer con mi cerebro hasta que ella se da cuenta y me deja tranquila.

Cuando le llevo agua a papá en el surco, no nos miramos y apenas hablamos. Él no es el único con derecho a estar gruñón.

Cuando regresa al final de la jornada, no voy a llevarle agua como solía hacer.

Un día me pide una bebida fría. Se la llevo tan despacio como puedo.

—Vejiga, ¿por qué estás siendo tan zoqueta? —dice, alzando la mano como para darme un cocotazo con los nudillos.

Ni siquiera trato de esquivarlo.

—¡Santiago! —exclama mi madre, sorprendida de que él siquiera haya pensado en darme un cocotazo.

—Contéstame —insiste él. Baja la mano despacio y se sienta, buscando con la mirada como si hubiera perdido algo—. ¿Por qué estás siendo tan zoqueta?

No digo nada.

No le digo que me siento embaucada.

No le digo que es un cobarde.

Me lo trago todo como un limón muy ácido cuyo jugo me arde en la lengua.

Confrontación

Han pasado varias semanas, pero aún mi enojo está intacto. Vamos a la bodega. Hay una atmósfera de entusiasmo que no puedo ignorar.

—¿Qué pasa, Nilo? —pregunto.

—¡Terminamos las clases! —dice—. Pasamos los exámenes de lectura y le escribimos cartas a Fidel.

La más emocionada es Carmen.

—Zulema —dice al verme entre la multitud.

Pero se detiene cuando el compañero Linares comienza a gritar:

—¡Orden! ¡Orden! —Carmen me guiña un ojo y se vuelve hacia el compañero Linares—. Este es un día especial. La comunidad ha hecho su parte por la Revolución. La brigadista Carmen les dirigirá la palabra.

—¿Qué clase de basura tenemos que escuchar ahora? —refunfuña mi padre.

—Shhh... —lo manda a callar mamá.

Mi enojo con mi padre crece.

—Este es un gran día —anuncia Carmen, con el rostro rozagante de alegría—. Hemos logrado...

—Bueno, eso no tiene nada que ver conmigo ni con mi

familia —dice papá como un estúpido, ¡como diría un buey si los bueyes pudieran hablar!

—Hemos logrado enseñar a leer y a escribir a todo el mundo —dice Carmen, ignorando la interrupción. Luego mira a mi padre y a mi familia y se corrige—: Hemos logrado enseñar a leer y a escribir a *casi todo el mundo* en esta comunidad. Para todos los que aprobaron el examen, aquí tienen banderitas rojas para colgar en la puerta de sus casas. ¡Eso los identificará como alfabetizados!

—Todavía diciéndole a la gente lo que tiene que hacer, ¿eh? —dice papá en un tono desagradable.

Si papá dice una palabra más, ¡creo que voy a reventar!

Esta vez es Carmen la que le contesta.

—No, no les estoy diciendo lo que tienen que hacer. ¡Las banderitas rojas son para que la gente sepa que fueron alfabetizados!

—Vamos, todos hagan una reverencia —dice Carlos—. ¡Y apláudanse a ustedes mismos, de paso!

Todos aplauden y se dan golpecitos en la espalda.

—¡Bien!

—¡Felicidades!

—Qué ridiculez —dice mi padre—. Gente grande aplaudiéndose unos a otros.

¡Ay, por qué tiene que hablar! ¡Por qué no se puede quedar callado!

—¡Tengo cosas importantes que hacer! —dice papá—. ¡Como trabajar!

"¡Sí, trabajar como un animal! —pienso para mis adentros—. Haciendo cosas que los bueyes pueden hacer mejor".

—¿A nadie aquí le interesa la cosecha? —pregunta mi padre.

"¡Ay, por qué no se calla!", grito para mis adentros.

—¡Zulema! —dice papá, muy alto, de modo que todos lo miran con expresión severa. ¡Ay, por qué no se calla!—. ¡Vamos!

De súbito, y desde un punto de mi interior que desconocía, reviento de una vez.

—¿Qué? ¿Qué quieres? —chillo—. ¿Por qué tienes que fastidiar todo lo que es bueno? ¿Por qué todo tiene que hacerse a tu manera? ¿Por qué no puedo leer? ¿A qué le tienes miedo?

Mi padre está estupefacto. Respira hondo lleno de ira. Todos me miran. Lo miran a él. Mi padre levanta la mano para abofetearme. Entro en pánico y agarro un cómic del estante y lo sostengo sobre mi cabeza. Su mano desciende sobre mí, y el cómic se me cae... pero lo recojo y paso la primera página.

Leer

—"Aventuras de la v-vida r-real" —leo. El corazón me late tan fuerte en los oídos que casi no me oigo, pero continúo pronunciando las letras que veo—. "Nuestro héroe F-Fernando está en el África selvática b-buscando el oro extraviado". —¡Me sorprende conocer esas palabras! Continúo—: "De repente, salido de la nada, Fernando escucha un rugido". —¿Cómo conozco esas palabras? ¿Cómo es que las letras y los sonidos van cayendo en su lugar? Miro el rostro descorazonado de mi padre y me dirijo a él directamente—: ¿Ves? Leí y no pasó nada. Nadie se murió. ¡No apareció ningún contrarrevolucionario!

—Zulema, vámonos —dice él débilmente.

—No —digo, y hundo la cabeza en el cómic para seguir leyendo—: "Su corazón empezó a latir de prisa".

Las cálidas lágrimas que me brotan de los ojos empañan las palabras, así que me las enjugo. Tengo que seguir leyendo porque ahora sé la verdad. Odio las costumbres chapadas a la antigua de mi padre, y se lo demostraré escupiéndole en la cara las palabras que leo.

—"Le s-suda la frente". —¡Siento que a mí también me suda la frente!—. "¡Los pelos de la nuca se le ponen de punta!" —¡Me pondré de pie, tal como hace este estúpido Fernando de quien estoy leyendo!—. "S-súbitamente el tigre salta sobre él. Clava las garras en el pecho de Fernando y comienza a desgarrarlo".

Me detengo para recobrar el aliento.

—¡Concho! —dice Nilo—. ¡Lees mejor que yo!

—Y que yo —dice Cecilia.

Mi padre parece confundido. Mi madre se le acerca, pero me transmite a mí su fortaleza, como si ella fuera un puente entre nosotros.

—¡Sigue leyendo! —dice Carmen.

—"El tigre ruge. Fernando puede sentir el aliento cálido con olor a tierra húmeda. Estira el brazo para coger el cuchillo que lleva atado al taparrabos, ¡y le clava el cuchillo al tigre en el ojo! La sangre mana a borbotones".

—Ooh —exclaman todos al unísono.

—"Fernando continúa acuchillando a la bestia hasta que esta fenece". —Ahora solo me falta el final—. "De este modo, Fernando, nuestro héroe, conti... continúa su sedienta búsqueda de oro, que lo impulsa a matar a todo aquel que se entrometa en su camino".

Todos aplauden.

—Compañero Soto —dice Carmen, volteándose hacia mi padre—, ¡esto es fantástico! Esto prueba el éxito de nuestra iniciativa. Su hija aprendió a leer a pesar de recibir menos clases que los demás. —Entonces, despacio y de manera calmada, añade—: Su hija es un ejemplo magnífico de la Revolución.

—Es un milagro —dice el compañero Linares.

—No es un milagro —dice Carlos—. ¡Es la Revolución!

Más aplausos.

—¡Banderitas rojas para todos, incluyéndote a ti, Zulema!

Carmen y Carlos reparten las banderitas rojas y todos

hablan de leer y escribir. Alzan y bajan la voz a mi alrededor. Mi madre me contempla orgullosa. Finalmente me atrevo a mirar a mi padre, que esquiva la mirada.

Todo el camino a casa lo hacemos en silencio.

El sonido de las ruedas de la carreta es todo lo que oímos. Trato de ocultar mi banderita debajo del vestido. Siento que me quema la piel del muslo igual que la revista que Nilo se robó para regalarme.

El problema de papá

Tal pareciera que mi casa está al borde de un precipicio, intentando balancearse para no caer, pero al final caemos de todos modos. Mamá le grita a papá, papá le grita a mamá. Los puercos ahuyentan a las gallinas, las gallinas ahuyentan a los puercos. Yo ahuyento a las gallinas de la mesa.

Una noche, salgo de releer las frases a medias de las paredes de la letrina para ir a leer mi libro de cuentos de hadas. El libro es un poquito más difícil de leer que la letrina, así que me gusta más. Las palabras de la revista que Nilo se robó me las sé de memoria.

Veo la silueta de papá sentado en el portal, mascando su tabaco de la noche, despatarrado como si tuviera las piernas fracturadas. La curva en su espalda apacigua mi furia.

—Agua —dice.

Pero suena más a invitación que a orden. Le llevo una jarra de agua, que él agarra con sus manotas. Me pregunto cuán doloroso será para él sostener la jarra.

Cuando termina me entrega la jarra y veo la tierra acumulada debajo de sus uñas, y recuerdo que esas manos sostienen el arado para que podamos comer y el machete para que podamos dormir tranquilas. Me doy vuelta para entrar a la casa, pero me detengo.

—¿Qué pasa, papá?

Él hace como que no me oye, así que repito la pregunta. Él respira hondo.

—No lo sé —responde.

Mamá viene à la puerta.

—¿Estás molesto porque sé leer? —pregunto.

Mamá se aleja de puntillas.

—¡No! —dice papá, poniéndose de pie, sorprendido—. ¿Cómo puedes decir algo así?

—Por como reaccionaste en la bodega hace unas semanas. Pensé...

—No... —Vuelve a sentarse, estirando las piernas, y entonces me pregunta—: ¿Qué edad tú tienes ya?

—Casi doce.

Suspira.

—Tantos cambios —dice, con la mirada medio perdida.

—No puedo evitar crecer... —digo.

—No, no, no tú. Sé que tienes que crecer. Quiero decir todos estos cambios en Cuba. Todos los cambios a mi alrededor. —Continúa hablando, intentando hacerse entender—. Me gusta trabajar la tierra porque todos los años es lo mismo. Pero ahora la Revolución lo ha trastocado todo.

—¿No te gusta?

—¿Qué?

—¿Que la Revolución lo haya trastocado todo?

Mi padre piensa unos instantes.

—No —dice finalmente—. No me gusta. —Se sorprende de su respuesta. Piensa un poco más—. Porque yo no puedo cambiar.

Dejo que sus palabras se acomoden en mi cerebro como la lluvia en la arena.

—¿Dónde está tu banderita roja? —pregunta.

—Debajo de la cama —contesto.

—¿Por qué no la cuelgas?

—Porque para poder colgarla toda la familia debe saber leer y escribir. No solo yo.

No dice nada más, pero se me está ocurriendo una idea que se hace cada vez más clara a medida que avanza la noche.

Mi plan

Al siguiente día, cuando papá sale a fumar, le cuento mi idea a mamá. Ella me escucha y accede. Ahora solo me falta compartirla con papá. Mamá y yo salimos a acompañarlo al portal. Él se sorprende de vernos allí.

—Mujer, ¿que tú haces aquí? —le pregunta a mamá—. ¿No te da miedo el sereno? —se burla.

—Supongo que no —dice ella—. Es una idea anticuada. Cambié de opinión —añade bajito.

—¿Qué están tramando ustedes dos? —pregunta papá, sospechando algo.

—Tu hija tiene algo que decirte —informa mamá.

Papá le da una calada al tabaco.

—Quiero ser maestra —digo.

—¿Qué? —dice él, dando otra calada más larga.

—Quiero ser maestra.

—¿Como una brigadista?

—No, una maestra de verdad que enseña en una escuela.

—¿Qué escuela?

—Carmen dijo...

—Bah —dice él.

Yo sigo hablando antes de que él pueda decir algo más:

—Carmen dijo que pronto iban a construir escuelas en el campo. Yo estaré lista para dar clases en unos años. Pero necesito tu ayuda. —Miro a mamá—. La de los dos. Necesito que me ayuden a practicar dar clases. Necesito practicar con ustedes dos.

Papá lo piensa un momento y entonces suelta la carcajada.

—Vas a tener más suerte practicando con uno de los puercos.

—Papá, eso no es chistoso —digo.

—Mira —dice—, te ayudaría si estas manos pudieran agarrar un lápiz. —Suspira—. Practica con otro.

Siento pena por él, pero disimulo.

—No... creo que debería practicar con ustedes dos.

Él se voltea hacia mí de cuerpo entero.

—Zulema, estoy demasiado viejo para aprender a leer y escribir. Tengo los dedos demasiado hinchados de trabajar para sujetar un lápiz y la mente demasiado nublada de viejas ideas para aprender algo nuevo. Practica con tu madre. Les doy permiso.

—No —dice mamá—. Tú eres el hombre de la casa. Si ella no puede practicar contigo, no puede y ya.

Lo dejamos ahí.

Trabajando a papá

Me toma semanas convencerlo.

—Está bien, está bien —dice finalmente, intentando disimular una sonrisa—. Cielo santo, eres como las moscas que fastidian a los bueyes. ¡Peor!

Empiezo con mamá. Los mejores momentos para compartir con ella lo que sé es cuando estamos colgando la ropa o preparando la comida. Parece funcionar.

Trato de hablarle a papá de sonidos y letras cuando voy a llevarle agua, pero no es una buena idea. Para él el mejor momento es después de la comida.

—¿Otra vez? —dice, sentándose y haciéndose el sorprendido—. ¡Ya hicimos esto anoche!

—Sí —digo—. Tenemos que repasar de nuevo los sonidos de las letras.

Pero el mejor momento es cuando practicamos la escritura. Como le cuesta tanto trabajo sujetar el lápiz, hacemos largas pausas, y durante esas pausas hablamos.

—¿Tú sabes? Mi madre tenía las manos grandes igual que yo, pero así y todo podía hacer crochet.

—¿Crochet?

—Sí, es una tontería tener un *doily* en una habitación con

piso de tierra, pero teníamos uno, un tapete precioso como una telaraña. Mi madre falleció cuando yo era muchacho, pero recuerdo cómo se sentían sus manos.

—¿Eran como almohadas grandes, gruesas y ásperas? —pregunto.

—¿Cómo...? —Abre mucho los ojos—. ¿Eh? ¿Cómo lo supiste? Le tomo las manos.

—Porque así es como yo siento tus manos.

—Sí, eran ásperas y callosas por fuera, pero de algún modo eran suaves por dentro. —Se voltea, le brillan los ojos—. Volvamos al trabajo —susurra.

Otro día le pregunto por su padre.

—Ah... quería a tu madre casi más de lo que me quería a mí —dice, en tono jocoso—. Se alegró mucho cuando le pedí matrimonio a tu madre. No quería que me quedara solo.

Al pasar los días y las semanas, papá practica y me cuenta anécdotas.

—Mi padre era muy severo, pero siempre me dejaba un poco de yuca en el plato para que yo supiera cuánto me quería. Y cuando asábamos un puerco en Navidad siempre me daba los chicharrones más crujientes. Parecía que yo era el último niño en la Tierra en la temporada ciclónica, cuando me hacía quedarme en el varentierra hasta que pasaba el ciclón.

Con esta mezcla de cuentos, letras y escritura le toma un mes y medio a papá para aprender a leer un poquito y a escribir su nombre y algunas palabras.

A mamá solo le toma un mes.

—No le digas a tu padre —me susurra un día en que está claro que ella sabe lo suficiente para aprobar el examen.

—Pero ¿por qué? —le pregunto, confundida.

—Es que... no debería decirlo, pero no quiero que tu padre se sienta mal.

—¿Por qué habría de sentirse mal?

—No quiero que piense que soy más inteligente que él —añade, sonriendo.

Cuando mi padre está listo, le aviso a Carmen a través del compañero Linares en la reunión del comité.

Examen

Por supuesto, todos aprobamos el examen.

—Zulema —dice Carmen—, ¡lograste algo que yo no pude hacer! ¡Enseñaste a tus padres! Eres buena maestra.

Me volteo, un poco avergonzada, especialmente porque esto es lo que le escribe papá a Fidel:

Querido compañero:

Yo era analfabeto. Le escribo ahora para que sepa que ya sé leer y escribir, pero en realidad fue mi hija la que me enseñó. Usted, mi presunto compañero, es un comemierda.

Santiago Soto

Decidimos eliminar la parte de "mi presunto compañero" y "comemierda" antes de mandársela a Fidel. Carmen recoge la carta de mi madre y la mía y de pronto se detiene y me mira seria.

—Gracias.

—¿Por qué?

—Por ayudarme todo este tiempo y no quedarte por el camino.

Me río.

Ella se da la vuelta para marcharse... se detiene... regresa.

—¿Te acuerdas de Ana?

—¿Ana de La Habana? Por supuesto, de la manifestación en La Habana —digo—. ¡Ella me regaló mi primer libro!

—¿Recuerdas que te dije que me mandó una carta?

Asiento.

—Nunca te la leí. —Carmen se saca del bolsillo un pedazo de papel doblado—. Pero te la leo ahora. —Me lee:

Querida Carmen:

Para cuando leas esto ya me habré ido. Debes comprender, con papi muerto no podemos seguir en Cuba. No podemos quedarnos en un lugar que adora a Fidel Castro. No sé cómo dejamos que las ideas de un político estúpido se interpusieran entre nosotras, pero así fue.

Carmen levanta la vista del papel y me mira un momento antes de continuar:

Espero que encuentres algo bueno en este país. Por ahora, yo no lo encuentro. Tu examiga, Ana

Dobla cuidadosamente el papel y lo guarda.

—Nunca le respondí porque me molesté con ella. Pero también porque no tenía nada bueno que decirle de esta nueva Cuba. Ahora sé de algo que es bueno.

—¿Qué? —pregunto.

—Tú —responde ella—. Eres algo bueno que encontré en este país. Y voy a escribirle a Ana a Nueva York para contarle de ti. —Con esto, me da un abrazo y se marcha.

Nunca vuelvo a ver a Carmen, pero pienso en ella cada vez que veo a mamá y a papá leyendo un periódico antes de usarlo para empapelar la letrina. O cuando veo a mamá leyendo una revista *Bohemia* de cuando en vez. Mueve los labios al leer… ¡pero lee!

Sé que papá está feliz de poder escribir porque se endereza cuando escribe su nombre por algún asunto en la bodega, en lugar de poner la huella en un recuadro. A veces escucho a mis padres pronunciando palabras en la letrina.

Por supuesto, pienso en Carmen cada vez que veo la banderita roja que nos dio para colgar en la casa y anunciar que estamos alfabetizados. Doy unos pasos atrás para ver la banderita ondear alegremente en la brisa y pienso en que las banderas se mueven, aunque permanecen en el mismo lugar.

El momento final

Nilo se remanga el pantalón y me sostiene el vestido cuando vadeamos el río hasta mi piedra favorita en medio de la corriente, y voy contándole todo lo que Carmen me dijo de probar cosas nuevas en la vida. Él escucha y asiente durante todo el camino hasta la piedra. Espero a que se siente para contarle mi plan de convertirme en maestra.

—¿Maestra? —dice—. ¡Me alegro por ti! Siempre fuiste una sabihonda, diciéndole a todo el mundo lo que tiene que hacer. ¡Ahora podrás mangonear a los niños chiquitos!

—¿Qué quieres ser *tú*? —le pregunto, pensando que me va a decir que maestro como yo, o representante del gobierno o algo así.

—¿Yo? ¿A qué te refieres? Voy a ser campesino, como mi padre.

Su respuesta me sorprende.

—¿Por qué?

—¿Por qué? ¡Porque me gusta labrar la tierra! ¡Siempre me ha gustado labrar la tierra!

—¡Pero es lo mismo todo el tiempo, día tras día! —le digo.

—Eso es lo que me gusta —responde él.

—Pero.

—Pero nada. —Sonríe.

—Pero yo voy a ser maestra —repito, casi imperceptible.

—Entonces hazte maestra... —responde él, mascando una brizna de hierba que recogió por el camino.

—¡No puedo creer que no quieras hacer algo más! —digo.

—Pero voy a hacer algo más: me voy a casar con Cecilia.

—¡Cómo! —¡Casi me caigo al agua como le pasó a Carmen!

—O sea, cuando los dos seamos grandes, claro —añade.

—Pero... ¿por qué? —balbuceo.

—Hay algo que me gusta de la manera en que ella come caramelos. Puedo verla comer caramelos todo el día —dice él.

Hace mucho que se marcharon los brigadistas. La banderita roja que anuncia que estamos alfabetizados se ha desteñido bajo el hermoso sol que sale y se pone cada día.

A veces, cuando voy a lavar la ropa, miro al río que fluye lejos y de pronto me asalta la tristeza. Sé que voy a dejar este lugar para convertirme en maestra en alguna parte, algún día, lo sé. Pero me entristece pensar que tal vez dejaré atrás a papá y a mamá, y una lágrima me corre por la mejilla y cae al agua.

Pero entonces miro al río que fluye todo el tiempo en el mismo lugar, como la bandera que ondea al viento en su puesto. Entonces pienso que realmente no me marcharé, sino que fluiré como el río. Pero, como el río, en mi corazón sé que siempre me quedaré aquí, en mi amada Cuba.

Cambiar de dueño no es ser libre.

—JOSÉ MARTÍ

JUAN

LA HABANA CUBA · 1961

Me clavo un alfiler en el dedo.

—Juan, ¿te duele? —me pregunta Paco.

—No —le digo, clavándome el alfiler más hondo.

—Aaah —dice Paco.

Clavo el alfiler hasta sangrar y entonces me aprieto el dedo y sale una burbuja roja perfecta. Limpio el alfiler en el pantalón y se lo doy a Paco. Él lo observa. Yo contemplo la bolita de sangre en la punta del dedo.

—Dale, antes de que la sangre se coagule —digo tan cuidadosamente como puedo.

—No puedo hacerlo, Juan —dice Paco tras mirarme la punta del dedo.

Rápido chupo la sangre, que tiene un sabor metálico.

—Entonces no lo hagamos —digo. No sirve de nada obligar a alguien a ser tu hermano de sangre. Tiene que quererlo—. No te preocupes, Paco, este no es el momento. Cuando llegue el momento, lo hacemos.

El sol poniente sobre el puerto de La Habana perfora las nubes con haces rosados y amarillos. La luz derramada lo tiñe todo de un dorado rosa: nuestro barrio miserable, la basura apilada al pie de las palmas, las puntas de las pencas, nuestra piel oscura.

Paco se voltea hacia mí de súbito.

—Está bien, aguanta... ¡voy a hacerlo!

—¿Estás seguro? —pregunto—. No quiero obligarte...

—Sí —responde él—. Estoy seguro.

—¿Seguro, seguro?

—¡Sí! —dice él.

—¿Segurísimo? —insisto.

—Sí.

Voy a darle el alfiler.

—Clávalo tú —dice.

—No. Tienes que clavártelo tú mismo —digo.

Él hace una pausa.

—Pero, si no estás listo... —añado.

—Estoy listo, estoy listo —dice él rápidamente. Cierra los ojos y comienza a pincharse el dedo.

—Es mejor si lo haces con los ojos abiertos —sugiero, jaraneando un poquitín.

Paco aprieta la boca esbozando media sonrisa. Finalmente, tras algunos intentos, se perfora el dedo lo suficiente como para que brote una gotica de sangre. Para entonces ya mi sangre se ha secado y ha dejado de salir, así que vuelvo a clavarme el alfiler en el dedo para conseguir una burbuja roja fresca. Respiramos hondo... y pegamos los dedos.

—Ahora somos hermanos de sangre, unidos para siempre, aunque tengamos madres y padres distintos —digo.

Paco me mira muy serio.

—A partir de este día siempre nos cuidaremos el uno al otro, sin importar lo que pase —añado. Pero me parece que debo decir algo más—. En el nombre del Padre, del Hijo y del Espíritu Santo —digo—. Ahora di algo tú.

—¿Qué? —exclama Paco.

—Algo serio —digo.

—En el nombre del Padre, del Hijo y del Espíritu Santo —repite él.

—Y en el nombre de África y de todos los orishas que nos protegen —digo, tras pensarlo un minuto.

—¿Alguien más? —pregunta Paco.

—No, creo que es suficiente —digo.

Paco se echa a reír.

—¡Bacán, viejo!

Entonces, como si alguna de las potencias por las que juramos nos hubiera escuchado, una brisa despeja las nubes. Faltan apenas unos segundos para que oscurezca cuando las estrellas nos saludan con un guiño.

¡Frutas, naranjas dulces!

Es la dulce voz de mi abuelo pregonando frutas, y con el brazo de Paco por encima del hombro nos encaminamos hacia la plaza para encontrarnos con él.

Tal como dos hermanos que siempre se cuidan el uno al otro.

Pioneros

Arriba, abajo
Los yanquis son guanajos

El arma de madera se me clava en la cadera y ya estoy aburrido y cansado de marchar por el patio de la escuela diciendo "Los yanquis son guanajos" una y otra vez, a pesar de que nunca he conocido a un yanqui. Solo lo estoy haciendo por Paco.

—Oye, Juan —me dice Paco, marchando al lado mío—. Estás desfasado. ¿Qué clase de rebelde tú eres, chico? —Sonríe.

Siempre marchamos juntos.

—Qué rebelde ni rebelde —contesto, y le saco la lengua.

Detesto estos ejercicios. Desde que Fidel le ganó a los yanquis en playa Girón, quiere convertir a todos los cubanos en soldados. ¿Acaso voy a luchar contra el ejército americano con este fusil de palo si vuelve? Siento la boca seca como polvo, y se lo hago saber a Paco abriendo la boca y poniendo cara de "Me muero de sed". Paco pone cara de "Está bien, ya casi terminamos".

Sudando, me quito la pañoleta de pionero tan rápido que se me traba con la nariz. Eso hace a Paco reír más fuerte.

—¡Ja, ja! Eso te pasa por desfasado... ¡la pañoleta en la nariz!

—Se siente como una soga al cuello —digo.

—Ay, no jodas —se ríe Paco—. No es tan malo. Las pañoletas son bacanas y gracias a ellas todo el mundo sabe que somos pioneros.

Arriba, abajo
Los yanquis son guanajos

Tras tres vueltas más alrededor del patio, finalmente, aunque tarde, el instructor da por terminada la clase.

—¡Suficiente por hoy! —dice—. ¡Se acabó la clase!

Todos corremos a devolver los fusiles de mentirita a la carretilla.

—Vamos —dice Paco, halándome—. Mejor nos apuramos si quieres tomar agua.

Dejamos los fusiles y corremos al bebedero que está dentro de la escuela... pero allí ya hay una cola de niños que no son pioneros, ¡y llegaron antes que nosotros! Paco sonríe.

—¡Emergencia, emergencia! —grita—. ¡Juan se va a desmayar si no toma agua! —Se voltea hacia mí, susurrando—: ¡Haz como que te vas a desmayar!

Es una tontería, pero le sigo la rima. Los niños se ríen y se apartan. En el bebedero, Paco presiona el botón por mí.

—¡Bebe rápido! —susurra—. Como si te estuvieras muriendo, o se van a dar cuenta de que estabas fingiendo.

—Paco —digo, secándome la boca—, ya ellos saben que estaba fingiendo. Por eso se reían. —Pero ya él está en otra cosa.

—¡En sus marcas, listos, fuera! —grita.

Agarramos las mochilas y corremos como el viento hasta la plaza. Siempre me le adelanto a Paco porque tengo las piernas largas, pero así y todo estamos en perfecta sincronía, como dos aves que bajan en picada y cambian de dirección en un instante, buscando al vendedor de helado. Cuando lo vemos, volamos hacia él, realizando un aterrizaje perfecto. Nos hurgamos los bolsillos.

—¿Cuánto dinero tienes? —le pregunto a Paco.

Paco se vira los bolsillos al revés y saca una mezcla de monedas cubanas y americanas, un montón de pelusas y un botón. Yo saco lo que tengo. Nos da justo para dos barquillos.

—Un barquillo de coco para mí —le dice Paco al vendedor de helado.

—Uno de piña para mí —digo yo.

El vendedor de helado nos da los barquillos y empezamos a pasarles la lengua mientras caminamos sin rumbo. El mundo es nuestro. Los pedacitos de piña de mi helado me dejan un dulzor áspero en la lengua. Sé que las hebras de coco se sienten chiclosas en la lengua de Paco.

A Paco le corre el helado por la barbilla y sé que a mí también me corre por la barbilla porque somos el reflejo uno del otro. Tenemos el mismo pelo suave y esponjoso y los mismos orificios nasales de león enardecido. Cuando ya nos hemos comido la mitad del helado, intercambiamos barquillos y los devoramos hasta que no queda más que nuestros dedos pegajosos.

Buceando

—Paco, coge mi fusil —le digo un día tras el ejercicio—. Quiero ir a bucear.

—Está bien —dice él—. Nos vemos en el puerto.

Me alejo corriendo de la escuela por las calles tortuosas de mi barrio. Casi puedo correr con los ojos cerrados porque sé exactamente dónde están las grietas y los baches en la acera y puedo saltar sobre las tablas que cubren los charcos pestilentes que nunca se secan.

Al fin llego a la casa rosada donde está el cuarto que comparto con mi abuelo. Abro el portón y entro, quitándome la pegajosa camisa blanca y el *short* carmelita claro por el camino, y halando la pañoleta que siempre toma tiempo quitarme porque el nudo se pone duro de tanto sudor. Me miro en el espejo para poder verme los dedos zafando el nudo, ¡finalmente logro desprenderme de la pañoleta! Me pongo el *short* del diario y corro al puerto... ¡libre!

La lanchita se llena de gente. Alguien tira una peseta al agua. Le pido a Yemayá, la orisha del agua, ¡y salto de clavado! ¡Plas! Como un cuchillo atravieso el petróleo tornasol de la superficie y agarro la moneda antes de que dé vuelta y gire una y otra vez sobre sí misma. Recojo las monedas que la gente tira al agua.

Alzo las monedas sobre la cabeza y veo a Paco en el muelle.

Su expresión alentadora me hace querer bucear más y más hondo. Cuando salgo, sonrío, lo que provoca que los pasajeros de la lanchita lancen aún más monedas.

En la parte amarilla del agua, adonde todavía llega el sol, veo la hélice de la lanchita que propele el agua, *fuis, fuis*, haciendo que la embarcación se mueva. Puedo darles rápido a las piernas, pero no así. Me quedo mirando el funcionamiento de la hélice tanto tiempo como puedo, ¡pero me empiezan a doler los pulmones y la necesidad de aire me empuja a la superficie como un corcho!

Uso mis piernas como hélice para patear hasta el muelle donde me espera mi hermano de sangre.

—Eso estuvo bacán —dice Paco—. ¡Nadas muy bien! Parecías un tiburón.

Me da la mano para ayudarme a salir del agua.

—¡Gracias! —Me sacudo el petróleo del pelo.

—¡Concho, me lo estás echando todo pa'arriba! —Paco se ríe y da un paso atrás—. No quiero que me eches petróleo en el pelo. Yo uso brillantina. —Se ríe, y añade—: ¿Cuánto conseguiste?

Abro la mano y contamos.

—Creo que quedará algo para helado después que se lo enseñe a abuelo —digo.

—Bueno —dice él—. Pero yo también tengo algo de dinero... de mis padres. Me dejaron algo —añade, sin emoción.

Frutas, naranjas dulces...

La hermosa voz de mi abuelo llena el aire.

—Vamos —digo.

Corremos a donde está abuelo con su carreta de frutas, unas calles ciudad adentro. Mientras corro, inclino la cabeza a un lado y siento un poco de agua cálida y aceitosa saliéndome del oído.

Abuelo

La voz de abuelo es más dulce que toda la fruta que vende, más dulce que cualquier mango, piña o fruta bomba que haya comido en mi vida. En cuanto nos ve, para de pregonar y sonríe.

—Hola, Juan. Hola, Paco.

—¡Abuelo Segundo, conseguí un montón de dinero! —exclamo—. Mira —digo, mostrándole. Abuelo entrecierra los ojos para observar el contenido de mi mano—. ¿Lo ves? —La capa blanca que crece sobre los ojos oscuros de abuelo los hace parecer azules.

—Sí, puedo ver las pesetas bastante bien —dice, empujándolas en la palma de mi mano con la punta redonda y áspera de su dedo—. ¡Pero si puedo sentirlas con el dedo es como si pudiera verlas mejor!

—¿Tenemos suficiente para arroz y huevos? —pregunto.

—Casi —dice él, quitándose el sombrero de paja y rascándose la cabeza. Su pelo canoso forma circulitos que parecen nubes blancas que flotan apenas sujetas al cráneo. Tose, nos da la espalda y escupe—. Ya resolveremos —añade. La respiración le suena como si tuviera un silbato en el pecho—. Coge un poco para que compres helado para ti y para Paco —dice, sonriéndole a Paco mientras me da algunas monedas.

JUAN

—Mañana compramos helado —digo—. Tengo que ayudar a abuelo a llevar el carrito a casa.

—Vamos —dice abuelo. Se voltea hacia Paco—. Adiós. Bueno verte, Paco.

Pero Paco no se va a su casa. En lugar de eso nos ayuda a empujar el carrito.

—Hasta mañana, Paco —dice abuelo después de cubrir el carrito con una lona.

Pero es como si Paco se hubiera quedado sordo porque agarra el manubrio del carrito y, bajando la cabeza y tensando los hombros del esfuerzo, comienza a empujarlo. Abuelo y yo nos miramos y nos encogemos de hombros. Ayudo a Paco.

—Crucemos por aquí —dice abuelo de súbito.

Alzo la vista y veo por qué lo dice: abuelo acaba de ver una sede del Comité de Defensa de la Revolución. El letrero del frente tiene las iniciales —CDR—, y también un cartel de "Viva la Revolución" que alguien hizo con plumón en una cartulina. El hombre del CDR está sentado afuera, fumando un cigarro.

—Hola, Nelson —le dice Paco.

—¿Tú lo conoces? —pregunta abuelo—. Qué mal me caen estos tipos, siempre espiando en el barrio —añade bajito.

—Usted también lo conoce —dice Paco—. Ese es Nelson, el antiguo basurero.

Abuelo aguza la vista.

—Ah, sí, es verdad. ¡Es él! No lo reconocí con estos ojos nublados.

—Nuestro maestro dice que los vecinos que se han unido al CDR son "los ojos y los oídos de la Revolución" —añade Paco.

—Te voy a decir lo que son —dice abuelo—. ¡Vecinos

entrometidos a quienes les gusta espiar a la gente, ¡eso es todo! —Se ríe—. ¡Creo que a partir de ahora lo llamaré Nelson el Chismoso!

Seguimos empujando el carrito, inmersos en nuestros pensamientos. Al llegar a nuestra casa rosada, nos despedimos de Paco por tercera vez.

—Hasta mañana, Paco.

Pero él empieza a rascar la pintura del portón.

—¿Por qué no vienes mañana temprano y así jugamos pelota antes de la escuela? —digo.

—Está bien —dice él finalmente.

Mira alrededor, agarra un palo del piso y se va caminando, golpeando todas las puertas camino a su casa.

—Ahí va un muchachito solitario —dice abuelo, mirando a Paco alejarse.

—¿Por qué dices eso?

—No quería irse a su casa —dice abuelo, sorprendido de que yo no me diera cuenta.

Miro en la dirección en la que Paco se fue, pero ya dobló la esquina.

Vecinos

—¿Café? —ofrece Mizcladia, con la cabeza cubierta de rolos rosados, en cuanto entramos a la cocina común.

Su hija Perfidia juega en el piso de losas con un diminuto carrito de juguete Matchbox. Sostiene el carrito americano con su manita regordeta y lo hace rodar atrás y adelante sobre las losas. El ruido llena la habitación.

—No, gracias —dice abuelo—. Haremos café después de la comida.

—Tienes que soltar el carrito —jaraneo con Perfidia. Es tan bonita, y se me queda mirando con sus ojitos de cuatro años—. ¡Mira! —le digo, arrodillándome y mostrándole—. Así. —Empujo suavemente el carrito, que se impulsa hacia adelante y choca contra el refrigerador. Perfidia abre mucho los ojos y va creciendo en ella una risita—. Te toca a ti ahora —le digo.

Ella se concentra tanto que se le juntan las cejas y saca afuera los labios de dos tonos. Impulsa el carrito una y otra vez, ¡y se ríe cada vez que este choca contra algo! Jugamos un rato hasta que su familia nos deja la cocina a abuelo y a mí.

Abuelo y yo nos lavamos antes de cocinar.

—No lo sazones demasiado, Juan —me dice—. No insultes al pescado con demasiada sal y pimienta. —Canturrea mientras yo sazono el pescado a la perfección.

Después de comer nos ponemos a ver la televisión, pero desistimos: Fidel Castro ha intervenido todos los canales, y lo único que hay para ver es él dando un discurso. Abuelo cabecea, rendido. Esa es una cosa para la que sirve Fidel Castro, pienso: para hacer dormir a abuelo.

Lo ayudo a llegar a la cama. Enciendo las velas del altar que está sobre la puerta, y el cristal verdeazulado del vitral refleja un resplandor hermoso. Me aseguro de que el tabaco que les ponemos a los santos aún esté fresco y rezo por que no se olviden de mis padres, aunque su recuerdo se me desvanece poco a poco cada año.

—Abuelo, ¿por qué crees que Paco está solo?

—Tú debes de saberlo mejor que yo. Eres su mejor amigo —dice abuelo, resoplando.

—Pero ¿cómo puede estar solo? Me tiene a mí —digo.

—La gente está sola por muchos motivos.

—Y somos *más* que amigos. Somos hermanos de sangre... aunque él se divierte más marchando con los pioneros que yo —añado de mala gana.

Abuelo se ríe.

—A los amigos no tienen que gustarles las mismas cosas —dice, y empieza a toser.

Mientras espero que pare de toser, le rezo rápido a Babalú Ayé para que a abuelo se le quite esa tos.

—Detesto ser pionero —digo de pronto.

—Shhh —dice abuelo, y baja la voz—. No dejes que nadie te oiga. Nunca se sabe...

—Pero...

—No hay pero que valga. Desde playa Girón, la gente de Fidel está en todas partes. Hay que tener cuidado. —Abuelo se voltea, se tira un pedo y se va a dormir.

Paco

La escuela. Cuando el maestro nos da la espalda, miro a Paco a los ojos buscando señales de soledad, pero él parece el mismo de siempre. Hasta me da un dibujo de un soldado rebelde dándole un tiro en el fondillo a un hombre con una bandera americana.

—Muy cómico, Paco —susurro, riendo—. Pero para ya, que el maestro nos va a ver. —Sin embargo, me alegra que esté jaraneando otra vez.

Paco regresa a su pupitre y vuelvo a mirarlo cuando estoy seguro de que no me ve. ¡Esta vez la tristeza en su rostro me deja estupefacto! Cuando se da cuenta de que lo estoy mirando, sonríe y me tira una bolita de papel.

—Un engranaje no es más que una rueda dentada —dice el maestro.

—Juan... —susurra Paco.

—¿Qué? —susurro también, manteniendo la vista en el profesor.

—¿Quieres pasar por mi casa más tarde?

—Sí, claro —respondo.

—Silencio —dice el maestro.

—*Okay*, bacán... —dice Paco.

—Silencio, ustedes dos... —dice el maestro impaciente—.

Bien, como les decía antes de que Paco y Juan me interrumpieran, un engranaje no es más que una rueda dentada.

Me enderezo en el asiento.

Los engranajes de una bicicleta mataron a mis padres. De verdad pienso que que eso fue lo que pasó. Iban montados en una bicicleta para dos personas yendo a un lugar llamado Coney Island, en Brooklyn, en los Estados Unidos, cuando un camión que repartía pescado los atropelló. Los encontraron hechos un amasijo de carne y metal, con piezas de la bicicleta alrededor del cuello. Desde entonces siempre he querido saber más sobre engranajes.

De todos modos me gusta el pescado.

—Hacen falta dos ruedas dentadas llamadas piñones engranadas para que el sistema de engranajes funcione —continúa diciendo el maestro.

—Podemos hacer lo que queramos en mi casa —susurra Paco acercándose a mí—. Jugar dominó, o dados o damas...

—¡Juan! ¡Paco! ¿Quieren seguir la conversación afuera? —nos regaña el maestro—. Es casi mediodía. ¡A lo mejor estar parados al sol los hará callarse!

—No... lo siento, profe —digo, fingiendo mirar a Paco con severidad.

—Ustedes dos no deberían sentarse tan cerca. Por tu propio bien, Paco, ven y siéntate aquí adelante —añade el maestro.

Paco recoge su maleta y se muda al frente del aula bajo un coro de risitas.

Le lanzo a Paco una mirada que quiere decir: "¿Ves lo que pasa cuando no dejas de fastidiar?".

Y él me lanza una mirada que quiere decir: "¿Qué hice? ¡No puedo evitarlo!".

JUAN

Entonces muevo la boca sin hablar y le digo: "¡Hablas más que una cotorra loca!".

¡Él espera a que el maestro se dé vuelta para agitar los brazos como si fueran alas! Ambos nos mordemos el labio para evitar soltar la carcajada e ingenuamente pienso que todo está bien.

Hogar apestoso

El olor a basura en el apartamento de Paco es tan fuerte que no sé qué decir.

—Casi me botan hoy del aula por tu culpa —digo por decir algo.

—Esa clase era aburrida —dice él.

—Para ti todas las clases son aburridas... —añado bajito, tratando de encontrar una dirección en la que apuntar la nariz para no oler la peste.

El apartamento de tres cuartos donde vive Paco con sus padres parece como si lo hubiera azotado un ciclón. La mitad de las almohadas está arriba de la cama y la otra mitad, en el piso. Todas las gavetas de la cocina están abiertas. Hay latas de comida abiertas encima de la meseta, y el fregadero está colmado de platos sucios. Hasta me parece ver una lagartija caminándoles por encima. Paco me esquiva la mirada.

—¿Dónde están tus padres? —le pregunto.

—En una reunión —dice Paco rápidamente.

—¿Hace cuánto se fueron? —pregunto.

—Una semana y tres días, pero viran pronto, en cualquier... momento. —Las palabras se le atoran en la garganta.

—Mentira —digo bajito.

JUAN

Nuestras miradas se encuentran y él comienza a llorar de repente.

—Paco, ¿qué es lo que pasa?

—Mis padres se fueron hace dos semanas. Se la pasan diciendo que ya van a virar, pero no lo hacen. No sé qué pensar... —El cuerpo se le estremece ligeramente cuando lloriquea.

—¿Por qué no me lo dijiste? —le digo.

—No quería que pensaras que soy un niñato.

—¿Qué?

—Dije que no quería que pensaras que soy un niñato. ¿Qué clase de soldado rebelde anda lloriqueando por su mamá? —Paco continúa hablando—: No quiero defraudar a mis padres.

—Pero somos hermanos de sangre —digo.

—Lo sé. —Sorbe las lágrimas—. Pero ellos son mis padres. —Comienza a lloriquear de nuevo.

—Vamos afuera —digo tras un momento.

Nos lanzamos la pelota frente a su casa hasta que oscurece.

—¿Realmente crees que tus padres vendrán esta noche? —pregunto.

—No lo sé —responde él tristemente.

Jugamos hasta que se hace hora de irme a comer.

—Tengo que irme ya —digo.

Paco pone cara triste.

—¿No puedes quedarte un rato más? —casi me ruega.

—Abuelo me está esperando —digo—. Te veo mañana, ¿eh?

—Está bien, te paso a buscar para ir a la escuela —dice rápidamente.

Asiento.

—Iremos pronto al basurero. ¿Quieres ir? —añado.

—Claro —dice él.

El estómago me ruge al darme la vuelta y no puedo evitar preguntarme qué va a comer Paco. Me volteo hacia él.

—Oye, ¿tienes comida en tu casa?

—Creo que queda un huevo —dice él bajito—. Te veo mañana.

—Bueno —digo.

—Voy a pasar tempranito... —añade, repasando nuestro plan.

—Súper temprano —digo.

Puedo sentir los ojos en la nuca. Al llegar a la esquina miro atrás, él saluda con la mano.

—¡Ven a comer a mi casa! —le grito.

Paco corre como un tiro hasta donde estoy. Al acercarnos a mi casa, abuelo está buscándome en lo oscuro.

—¿Juan?

—Ya llegué, abuelo —anuncio—. ¡Paco va a comer con nosotros!

—Bien —dice él, acariciándome la cabeza antes de darme un beso.

Entramos y le enseño a Paco un muelle de juguete, un Hula-Hula y unas bolas que me encontré en el basurero.

—Vamos pronto al basurero a ver si encontramos más cosas, ¿eh?

—Seguro —dice Paco, muy animado.

Comemos, y después de que Paco se va, mientras ayudo a abuelo a acostarse, no puedo evitar sentirme afortunado por tener un abuelo que se impacienta por verme en lugar de dos padres que están siempre lejos en reuniones.

Abuelo ronca y se tira pedos como si estuviera de acuerdo.

Nelson el Chismoso

Una vez que ya he visto la tristeza de Paco, él no intenta ocultarla. Lo mantengo ocupado en el basurero.

—Mira, Paco —digo, mostrándole un hallazgo: un viejo exprimidor—. Creo que puedo arreglarlo.

Paco se rasca una picada de mosquito.

Veo un colchón viejo.

—Oye, Paco, ¿tú no has visto a los trapecistas saltando en el trampolín? ¡Te apuesto a que podemos hacerlo nosotros!

—¿Eh?

—¡Ven, vamos a intentarlo!

—No sé... —Paco suspira.

—Vamos —repito, corriendo hasta el colchón—. ¡No seas pendejo!

Paco sonríe ligeramente.

—¡Te apuesto a que puedo saltar más alto que tú porque tengo las patas largas!

Eso termina de convencerlo.

—¡Ah, tú y tus patas largas! —dice, jaraneando y saltando también sobre el colchón.

Salto más alto. Él también salta más alto. Yo salto más alto aún. Paco salta aún más alto.

—¡Yuju! —grita finalmente al saltar por el aire.

Pero al aterrizar el pie se le va directo a una parte podrida del colchón y se le hunde entre los muelles.

—¿Ves lo que conseguiste? —me burlo—. ¡Te dije que yo podía saltar más alto que tú!

Paco no contesta, así que me doy cuenta de que se hizo daño.

—Déjame ver —le digo.

Saca la pierna con cuidado. Se cortó la rodilla con el metal de un muelle y la tiene llena de sangre.

—Eso lleva mercurocromo. ¿Tu mamá tiene en la casa? —pregunto.

No debí haber mencionado a su madre. A Paco se le contrae el rostro como una tira de papel en el fuego. Esconde la cabeza en el hueco del codo y se pone a lloriquear, los hombros le suben y le bajan como pistones.

—Oigan, muchachos. —Una voz aguda corta el aire—. ¿Qué están haciendo ahí? ¡Vengan para acá!

Es Nelson el Chismoso, el del CDR. ¿Qué será lo que quiere?

Paco me pone el brazo por encima del hombro y cojea junto a mí.

—¿Qué pasó? —pregunta Nelson, mirándole la rodilla cortada a Paco.

—Nada —dice Paco—. Solo me corté jugando.

—Será mejor que tu mamá te eche mercurocromo en esa cortada —le dice Nelson a Paco.

Eso hace que Paco rompa a llorar otra vez.

—Mi mamá no está en la casa —dice, sorbiendo las lágrimas—. Está en una reunión en alguna parte. Mi papá también.

Nelson el Chismoso nos observa.

—No deberías llorar por eso, joven —dice—. Tus padres están

trabajando por esta Revolución. ¡No hay causa más grande!

De pronto quisiera no haberme levantado esta mañana.

—Yo... sé... pero... —dice Paco, tomando bocanadas de aire.

—Hay una reunión en el centro juvenil... ¿por qué no vienen los dos? Podemos echarte mercurocromo en la rodilla y... —Echa a andar, pero cuando ve que no lo seguimos nos dice—: ¿No quieren venir?

Pero no suena como una invitación, sino más bien como una orden.

—Vamos —insiste—, te vamos a curar la rodilla. Y podrán aprender más sobre la Revolución. Eso seguro les va a gustar, ¿verdad?

No nos queda más remedio que asentir.

Nelson el Chismoso se dirige a Paco.

—¿Quieres que tus padres estén orgullosos de ti cuando regresen? ¿Quieres impresionarlos con todo lo que aprendas?

Yo sabía que eso nunca pasaría. Paco nunca ha aprendido nada en su vida. Sus notas lo prueban. Entonces, Nelson se vuelve meloso.

—Además... habrá montones de croquetas en el centro para comer —dice Nelson—. Puedes comer mientras aprendes.

—¿Croquetas...? —dice Paco, como si no pudiera entender que la Revolución y las croquetas de jamón pudieran existir en el mismo planeta.

—Montones de croquetas —añade Nelson, lamiéndose los labios—. Ven, te llevo a caballito —dice, y carga a Paco en su espalda—. ¡Vamos! —me dice.

Y no me queda más remedio que seguirlos.

Comida

¡La rumba en el centro juvenil está tan alta que no me deja pensar! Hay alrededor de diez niños de nuestra edad, algunos de la escuela y otros que no conozco, y algunos muchachos mayores, bailando.

—¡Vamos a ponerte una venda en esa rodilla! —grita Nelson.

Paco se da la vuelta al pasar junto a una mujer que lleva una bandeja de croquetas humeantes, pero Nelson lo hala.

—No te preocupes, hay comida suficiente. ¡Vamos a ocuparnos primero de tu rodilla!

Todos los demás atacan la bandeja hasta que no queda más que servilletas grasientas.

—No te preocupes —dice la mujer, mirándome—. ¡Ahora traigo más!

—¿Se acabó la comida? —pregunta Paco, saliendo con la rodilla vendada—. ¿Dónde está la comida? —dice, olfateando el aire. Nelson se ríe y, como por arte de magia, aparece más comida. La mujer le coloca la bandeja a Paco debajo de la nariz, y él pone los ojos tan grandes como la croqueta que agarra—. Ayyy —suspira, metiéndose la croqueta en la boca mientras trata de enfriarla en la lengua.

Paco come, los otros niños bailan, y entonces se escucha la grabación de un discurso de Fidel Castro.

—Vámonos, Paco —lo apuro.

—No, espera un momento —contesta él.

—Vamos, ya no te cabe más comida.

—¿Cómo tú sabes...?

La mujer sale con trozos de piña en palitos, tentando a todos.

—Vámonos, Paco. Abuelo tiene mejor fruta. Vamos —digo.

—Pero no en palitos como esta. —Agarra un pedazo como si nunca antes hubiera comido una piña.

—Está buena, ¿verdad? —dice un niño.

—Deliciosa —dice otro.

—Paco... —Trato de que me preste atención, pero él me ignora.

—Está riquísima —dice Nelson el Chismoso alegremente—. ¡Estamos disfrutando los frutos de la Revolución! Antes de la Revolución, ustedes los niños pobres no tenían comida suficiente...

Me doy por vencido. Paco ni siquiera se da cuenta de que salgo andando. Camino a casa aturdido y hasta meto los pies en cada bache y charco que me encuentro por el camino, a pesar de saber de su existencia.

—¿Cómo es posible que Paco no quisiera mataperrear conmigo? —le pregunto a abuelo al atravesar la puerta.

—No te preocupes —dice él—. Paco solo tiene hambre.

—Pero ya se había comido cuatro croquetas... eso era comida suficiente —digo.

—No solo de comida.

—¿Qué quieres decir? —pregunto.

—Puede que él necesite otras cosas.

—¿Como qué?

—Su madre y su padre. Todo el mundo necesita a su madre y a su padre.

Hago una pausa. ¿Acaso abuelo está hablando de mi madre y mi padre? ¿Me está preguntando si los necesito? Espera que le responda, pero no lo hago porque no sé qué decir.

Helado

Paco quiere ir al centro juvenil, a pesar de que lo invito a comer helado.

—¡En el centro hay helado gratis! —dice él con una risita—. Especialmente si es el día de los niños pequeños, y adivina: ¡hoy es el día de los niños pequeños! —añade con regocijo, frotándose las manos como el conde Drácula.

—Pero...

—¡No te preocupes por nada, solo ven! —Y me hala.

En el centro los niños corren por todas partes como un ciclón.

—Paco, vámonos de aquí —susurro.

—Espera, espera un poquito —me susurra Paco.

La mujer de las croquetas de la vez pasada nos guiña un ojo y aplaude.

—Vengan todos y formen un círculo —dice. Los niños la obedecen—. Ahora todos cierren los ojos y pídanle un helado a Dios.

—¿Que qué? —digo.

—Silencio —dice Paco, mandándome a callar—. ¡Solo observa! ¡Esto es bacán!

Los niños cierran los ojos y juntan las manos.

—Querido Dios, por favor, dame helado —rezan.

—¡Ahora abran los ojos! —dice de súbito la mujer.

Los niños abren los ojos, pero, por supuesto, no tienen helado.

—Aaah —gimen, decepcionados.

—Paco, ¿qué es esto? —pregunto.

—Espera... —dice él.

—¡Le pidieron helado a Dios y no se lo dio! ¿No es terrible? —se burla la mujer.

—Sí —balan los niños como ovejas.

—Ahora cierren los ojos y pídanle helado a Fidel Castro —continúa la mujer.

—Oye, aguanta un momento —susurro.

—¡Que te calles, chico! —dice Paco, regañándome.

Los niños cierran los ojos.

—Querido Fidel Castro —susurran—, por favor, dame helado.

¡De la cocina sale un muchacho y le pone una paleta de helado delante a cada niño!

—Ahora abran los ojos —dice la mujer. ¡Los niños abren desmesuradamente los ojos al ver las paletas! Se quedan sin aliento, sorprendidos como ovejas camino al matadero—. ¿Ven lo que hizo Fidel Castro por ustedes? —dice la mujer, fingiendo sorpresa—. ¡Les trajo helado!

Los niños asienten dócilmente mientras lamen las paletas. La mujer vuelve a guiñarnos un ojo antes de darnos paletas a nosotros también. ¡Yo la rechazo!

—Engañaron a esos niños —le digo a Paco cuando estoy seguro de que la mujer no puede oírme—. Paco, todo eso fue mentira.

—¿Y qué? El helado es de verdad —dice él, lamiendo su paleta.

—Pero ¡engañaron a esos niños! Ellos piensan que Fidel Castro les trajo el helado —digo.

JUAN

—¿Y qué? —dice Paco, entrecerrando los ojos—. Son solo niños chiquitos.

—¿Te gustaría que te engañaran así? —digo.

—No me importaría si consigo helado...

Pero de súbito ya no me está mirando... ¡tiene la vista fija en la distancia! Por un segundo pienso que lo han hipnotizado unos extraterrestres o que el helado estaba envenenado porque de repente deja caer la paleta y se manda a correr. Lo sigo con la mirada y lo veo saltar en brazos de sus padres.

Reunión

Lucen distintos a la última vez que los vi. Su padre se parece a Willie Mays, el pelotero americano.

Su madre es bonita como una estrella de cine americano, aunque tiene pelado de varón.

—¡Mijo! —dice el padre, agarrándolo y alzándolo en el aire.

—Mijo —grita la madre, cubriéndolo de besos.

La mujer del helado se les une, casi con excesivo entusiasmo. Los niños pequeños rodean a la familia, balando... y entonces me viene a la mente una imagen: parecen una sagrada familia negra; María y José con Paco haciendo del Niño Jesús y las ovejas balando alrededor del pesebre... como en las imágenes de los calendarios de antes. Es una estupidez, pero no puedo sacarme la imagen de la mente. Los contemplo abrazar y besar a Paco hasta que casi me parece que ascienden hacia el cielo.

La imagen me agria el helado en la barriga y siento un mal sabor en la garganta. Me doy vuelta para marcharme, pero resbalo con la paleta de Paco y caigo al piso. Paco y su familia se voltean hacia mí para ver qué ha pasado, y me señalan y se ríen. Paco, sus padres, los niños balantes, la mujer de la comida, todos se ríen de mí. Me levanto y salgo volando del lugar a todo correr, y no me detengo hasta llegar a casa con abuelo, que dormita frente al televisor.

—¿Qué pasa? —dice, alarmado al verme así.

—Abuelo —las palabras me salen en tropel—, ¿por qué me dejaron? Dime, abuelo, ¿por qué me dejaron mis padres?

Abuelo me observa por espacio de un largo minuto.

—¿Cuál es el problema? ¿Qué pasó?

—Mis padres me dejaron. ¿Cómo pudieron dejarme aquí e irse a Estados Unidos? Otros padres se quedan. Otros padres quieren... quieren... quieren... —No puedo terminar la frase porque me da miedo el final. La foto de bodas de mis padres encima de la mesita junto al televisor atrae mi mirada, y es como si la viera por primera vez. El sombrero florido de mi madre luce muy alegre, el traje oscuro de mi padre luce muy serio—. ¡Dime! ¿Por qué se fueron?

Abuelo alcanza el tabaco húmedo del cenicero y busca a tientas un fósforo. La mano le tiembla mientras intenta encenderlo, ¡así que le quito los fósforos de la mano y le enciendo el tabaco! Él le da unas chupadas cortas y deja que el humo llene la habitación. Cuando ya se ha formado una nube de humo entre los dos, comienza a hablar despacio.

—Tus padres se querían desde niños. Siempre jugaban juntos. Siempre compartían la comida. Cuando tenían seis y ocho años de edad, respectivamente, tu padre le regaló su trompo a tu madre. Cuando tenían diez y doce, ella le remendaba las medias y le echaba brillantina en el pelo. Él la acompañaba a todas partes de noche, para cuidarla, y siempre cargaba las compras cuando tu abuela la mandaba a ella a la bodega.

—Pero ¿y yo? ¿Qué pasó conmigo?

—¡Déjame terminar! Cuando tu padre fue lo suficientemente grande, comenzó a limpiar zapatos afuera de los clubes de La Habana. Los músicos lo adoraban. Muy pronto la música se le metió dentro... a tu padre le dio tan fuerte por la rumba que se pasaba todo el día tocando la tumbadora.

—¡Lo sabía! Sabía que él tocaba la tumbadora...

—Déjame terminar —dice abuelo. Me callo—. ¡Sus manos eran más rápidas que un tiro!

—Sí, sé que era buen músico. —Me estoy impacientando.

—Sí, pero lo que no sabes es que en el Norte había mucho interés por el mambo. Tu padre quería ir a Nueva York a probar fortuna allí con la tumbadora.

—Pero ¿los dos fueron? ¡Mi madre y mi padre!

—No de inicio. Al principio solo fue tu padre porque era una gran oportunidad para él. El plan era que tú y tu madre se le unieran más tarde. Todos estábamos muy contentos con el plan, hasta tu abuela.

—Y ¿entonces?

—Él se fue, pero tu madre comenzó a extrañarlo mucho, así que decidimos que fuera a visitarlo, solo por una semana, y virara. Pedimos dinero prestado. Ella fue. Y entonces ocurrió el accidente.

Hace una pausa. Espero.

—Tu abuela nunca se recuperó. Se enfermó y falleció. Y ¿quieres saber por qué yo no me enfermé también? ¿Quieres saber qué me dio la fuerza para seguir adelante?

Espero.

—Tú. Porque te quiero mucho.

La vela del altar de encima de la puerta parpadea. La luz me deja ver lo que en realidad quiero saber.

—¿Mis padres me alzaban en el aire y me cubrían de besos y abrazos?

Mi abuelo me mira a los ojos, muy serio.

JUAN

—Cada vez que te veían —dice.

Me tiro en la cama, exhausto.

Pero horas después me despierto. La vela encima de la puerta se apagó.

Tengo celos de Paco.

Padres rebeldes

—Paco —lo llamo desde la calle. Finalmente sale al balcón en calzoncillos. Tiene pelusas pegadas al pelo.

—¿Qué? —pregunta, somnoliento.

—Soy yo —digo.

—¿Qué quieres? —pregunta él.

Hago silencio porque no sé lo que quiero.

—¡Sube! —dice él al ver que no respondo—. Pero no hagas ruido. Mis padres están durmiendo.

Su apartamento luce distinto a la última vez. Los platos están fregados y ubicados en su sitio. En la mesita de la sala hay un montoncito ordenado de afiches de un muchachito con un fusil en las manos.

—¿Qué es eso? —pregunto.

—¿No sabes leer, inteligentón? —jaranea Paco—. Dice "¿Será un patriota o un traidor? Depende de ti. Dale una educación revolucionaria".

—Pero ¿qué vas a hacer con ellos?

Sus padres salen del cuarto.

—Hola, Juan —dice la madre—. ¿Viniste a despedirte?

—No me voy a ninguna parte —digo como un tonto.

—No, ¡*nosotros*! —Se ríe.

—Todos nosotros —añade Paco—. Juntos...

—Sí, vamos a ir por toda la isla...

—¿Haciendo qué? —pregunto.

—Pegando afiches, estos afiches. Queremos que los niños sean patriotas. ¡La única manera de que lo sean es dándoles educación revolucionaria!

—Pero ¿y la escuela? —pregunto.

—Eso no es un problema —dice la madre.

—Pero...

—Tenemos que irnos —añade la mujer—. ¿Quieres un afiche?

Tengo que decir que sí. Enrollan un afiche y me lo meten debajo del brazo.

—Tenemos que empacar —dice la madre.

—Porque esta vez voy con ellos —añade Paco con júbilo.

Miro a Paco con cara de "Ven afuera", pero él no lo capta.

—¿Cuánto tiempo estarán fuera? —pregunto.

—No sé —responde Paco—. El tiempo que haga falta para esta tarea revolucionaria.

—Paco —dice la madre—, no olvides empacar calzoncillos suficientes.

—Tengo que irme —me dice Paco y me sonríe.

Me voy de prisa por si acaso le da por correr hasta su madre y ella lo alza en el aire y lo cubre de besos y caricias.

El afiche me pesa bajo el brazo camino a casa.

Macho

Pasa el tiempo antes que vuelva a ver a Paco. Voy caminando al garaje de Macho a buscar alambre para arreglar el exprimidor, recordando aquel día en el basurero hace meses, cuando de pronto aparece Paco. Tiene un aspecto impecable, pero hay algo más que ha cambiado en él. Algo que no logro discernir. Entonces me doy cuenta: luce mayor.

—Paco —digo, emocionado al verlo—. ¿Cuándo regresaste?

—¡Anoche! Fue fantástico. Recorrimos toda la isla —responde—. Pusimos afiches revolucionarios por todos lados. Todavía queda mucha gente a la que llevar la luz de la Revolución.

—¿Te acuerdas de este exprimidor? —le digo con la intención de hacerlo volver al que era antes—. Lo encontramos en el basurero el día que te lastimaste la rodilla.

—¿Todavía tienes ese tareco? —se ríe.

—Bueno... sí. Pero voy a arreglarlo. Voy de camino al garaje de Macho. Ven conmigo.

Caminamos en silencio, y por primera vez me devano los sesos pensando en qué decir.

—¿Te acuerdas de cuando nos hicimos hermanos de sangre?

—Sí. —Paco se encoge de hombros—. Cosas de muchachos. No es algo realmente importante.

Caminamos hasta que todo lo que oigo son nuestros pasos.

—Aquella es la casa de los santeros —digo lo primero que me viene a la mente—. Vamos corriendo a ver quién llega primero.

—No, no quiero que me vean rondando esa casa de santería... llena de orishas y esas cosas...

—¿Que qué...? ¿Y eso por qué?

Paco parece querer decir algo, pero se detiene.

—¿Y si en vez de eso vemos quién llega primero a lo de Macho? —dice, y se manda a correr.

Por un instante es como en los viejos tiempos, dos hermanos de sangre corriendo libremente sin pensar. Aminoro la marcha y dejo que él llegue al garaje de Macho segundos antes que yo. Encontramos a Macho trabajando bajo un convertible.

—Juan —dice Macho desde abajo del carro—. ¡Reconozco esas patas largas! —Sale deslizándose—. Ah, y tú. ¿Cómo andas, Paco?

—Bien —dice Paco—. ¿Y eso que todavía no tienes un afiche?

—¿Eh?

—Un afiche revolucionario. Como ese que dice: "¿Será un patriota o un traidor? Depende de ti. Dale una educación revolucionaria".

—Ah, bueno, supongo que no he conseguido uno.

—¡Yo te lo traigo!

—Puedes quedarte con el mío —digo.

—Bueno —dice Macho, algo inseguro—. Y ¿qué puedo hacer por ti?

—Vine a buscar alambre para arreglar este exprimidor —digo.

—Busca por ahí. Coge lo que necesites.

Encuentro el alambre enseguida, y entonces veo un pedazo de goma y se me ocurre una idea.

—¿Puedo llevarme este alambre y este pedazo de goma? —pregunto.

—Claro, siempre y cuando le digas a Mizcladia que la amo y que no puedo vivir sin ella —jaranea Macho.

—¿Ya conseguiste tus jugueticos? —dice Paco en un tono que no me gusta nada.

—¿Qué? No, este... voy a hacer una carretera para el carrito de Perfidia con este pedazo de goma y... —Me detengo—. Ven conmigo a mi casa y lo verás. Voy a mostrarte lo que voy a hacer con estos jugueticos.

Pero al entrar en mi cuarto la vela del altar de encima de la puerta chisporrotea y se apaga. Paco alza la vista.

—Mi mamá y mi papá dicen que ya no se deben tener esos altares de santos, ¿sabes? Eso es santería... ya no se debe practicar.

—Pero siempre hemos tenido ese altar encima de la puerta —digo bajito—. Desde que nos conocemos.

—Bueno, las cosas han cambiado en Cuba, por si no te has dado cuenta. —Entonces sonríe—. No pasa nada. Mis padres dicen que hay que ser paciente con gente como tú. —Ya no tengo ganas de enseñarle mis proyectos—. Tengo que ir a una reunión del comité con mis padres —dice—. Después me enseñas lo que vas a hacer con tus juguetes.

En un abrir y cerrar de ojos se marcha, y me alegro.

Abuelo viene desde la cocina.

—¿Ese era Paco?

—Realmente, no —respondo—. No es el que era.

Arreglo el exprimidor y cojo el pedazo de goma para hacer una carretera para el carrito de Perfidia. Viene Macho y les preparo jugo a él y a Mizcladia con el exprimidor, pero cuando trato de hacer correr el carro encima de la goma, ¡el carro se sale, una y otra vez! Mi idea no salió como había pensado. Tiro el carrito de metal de Matchbox contra la pared, y se abolla. Perfidia se enfurruña y empieza a llorar.

Educación revolucionaria

Hoy no tenemos que marchar... peor. Esta vez estamos en un aula recibiendo educación revolucionaria.

—"¿Será un patriota o un traidor?" —lee el instructor, señalando el afiche que está por todas partes—. "Depende de ti. Dale una educación revolucionaria". ¡Hoy vamos a darles una clase de educación revolucionaria! A ver, ¿qué significa "contra"?

—Es lo que te da de más el bodeguero —le susurro a Paco.

Pero él no se ríe. En lugar de eso levanta la mano.

—Contra significa opuesto.

—Muy bien. Entonces, ¿qué significa "contrarrevolución"?

—¡Significa oponerse a la Revolución! ¿No es cierto? —responde Paco como si fuera la persona más inteligente del aula.

—Así es. ¿Quién puede poner un ejemplo?

Otra vez Paco levanta la mano.

—Tratar de llevarte objetos de valor cuando te vas de Cuba es contrarrevolución. Por eso es que a la gente solo se le permite llevarse dos mudas de ropa.

Paco nunca fue tan listo en la clase de matemática.

—¡Correcto! Muy bien, Paco —dice el instructor—. ¿Alguien más quiere responder?

Pero Paco no le da chance a nadie más.

—Sé que a veces hasta la gente que se queda en Cuba oculta sus joyas —dice.

—Muy bien —dice el instructor.

—¡Porque no quieren que el gobierno sepa lo ricos que son! Mi hermano de sangre es un guataca.

—¡Correcto otra vez! —dice el instructor, orgulloso de Paco—. Y es nuestra tarea exponer a esas personas peligrosas.

—Eso significa chivatearlas, ¿sabes? —susurro, tratando de hacer que Paco vuelva a ser el de antes.

—Shhh —responde él.

—¿Qué harían ustedes si saben que su vecino oculta joyas? —pregunta el instructor.

—Se lo diría a usted —dice Paco con cautela.

—Eso significa chivatearlos —vuelvo a susurrarle a Paco.

—¿Qué harían si sus propios padres estuvieran ocultando joyas?

—Se lo diría a usted —dice Paco.

—Yo no delataría a mis padres —le susurro a Paco.

—Tú ni siquiera tienes padres —dice Paco, volteándose hacia mí—. Los arrolló un camión en Brooklyn, ¿recuerdas?

—¿Y tú? —le riposto, enfadado—. ¿De qué te sirve tener padres si siempre te dejan solo?

—Sí, bueno, ya no se van a ir. —Paco abre bien los ojos—. Al menos no sin mí. Ahora se quedarán conmigo para siempre —sisea.

—¡Se acabó la clase! —dice el instructor.

Quiero fajarme con Paco.

—¿Me chivatearías si yo tuviera montones de joyas que ocultar? —le pregunto.

Juan

Pero en ese momento llegan los padres de Paco a buscarlo.
Él me mira de arriba abajo y chasquea la lengua.

—Ay, compadre —dice—. ¡Lo que pasa es que tú no entiendes
y nunca vas a entender!

Y se va corriendo a los brazos de sus padres.

Cambio

Arriba, abajo
Los yanquis son guanajos

Marchamos hasta que se forma un escándalo cerca.

—¡Mira! —grita Paco, señalando a una familia de cuatro. Las dos niñas jimaguas visten lindos vestidos y sus padres también lucen elegantes: la madre con tacones y una saya larga, el padre de traje. Ambos cargan maletas—. Mira, traidores —dice Paco.

La familia lo escucha y aprieta el paso.

Los pioneros se voltean hacia la familia.

—¡Traidores! —grita Paco—. ¡Mírenlos, dejando Cuba para irse a Miami! ¡Gusanos!

La familia mira atrás, asustados, corren un poco más de prisa.

—Vamos a cogerlos —dice Paco.

Lo agarro del brazo.

—¿Qué vas a hacer? ¡Detente!

—Suéltame, son traidores... ¿no te das cuenta? —dice, intentando zafarse.

—Déjalos en paz —le digo, y lo empujo. Fuerte.

JUAN

Paco cae al piso y me mira, estupefacto, pero ¡se pone de pie de un brinco y me cae encima como un muelle!

—Igual que ayer —sisea—. Lo que pasa es que no entiendes. ¡Estás donde mismo estuviste siempre, y donde siempre estarás!

Paco y los demás pioneros siguen cayéndole atrás a la familia, pero yo le caigo atrás a Paco. Una jimagua se cae. El padre la ayuda a levantarse y siguen caminando. Se cae la otra. Esta vez es la madre quien la ayuda a levantarse. Corren.

Paco y yo corremos delante de la manada como lobos, pero como mis piernas son más largas que las suyas, puedo embestirlo y agarrarlo por la pañoleta y tumbarlo. Eso hace que los otros se detengan. La familia escapa y Paco me lanza una mirada furiosa.

Finalmente nos alcanza el instructor, sin resuello.

—Dejen que se vayan. ¡De todos modos no queremos gente como ellos en Cuba! —Entonces repara en nosotros—. ¿Qué es lo que les pasa a ustedes dos?

—Nada —decimos ambos al unísono.

Esto es algo entre nosotros.

Paco el espía

Empujo el carrito de frutas loma arriba y pienso en lo contento que estoy porque hoy no hay escuela y no tengo que ver a Paco.

—¡Frutas, naranjas dulces! —canta abuelo hasta que se dobla de tanto toser y tenemos que pararnos y sentarnos en el muro del Malecón.

—Abuelo, ¿estás bien?

—Sí, sí, estoy bien, no te preocupes —dice él, recobrando el aliento.

Me siento a su lado y él ve algo a mis espaldas.

—Oye, ahí está tu amigo Paco.

Se me cae el alma a los pies. Allí, sentado en el muro del Malecón, está Paco, cerca de una señora con un cochecito.

Mi abuelo lo saluda con la mano. Paco inspecciona por última vez con la mirada a la señora y su cochecito y se acerca a nosotros sigiloso. Nos saludamos con un gesto. Yo me pongo a acomodar la fruta en el carrito. Abuelo nos contempla a los dos entornando los ojos, antes de romper el silencio.

—Paco, ¿qué haces aquí?

—Vigilando a esa mujer —dice él.

—¿La señora del cochecito? —pregunta abuelo.

—Sí —responde Paco.

—¿Vigilándola por qué? —no puedo evitar preguntarle.

—Parece sospechosa. Creo que esconde algo en ese cochecito.

Su estúpido comentario hace que accidentalmente deje caer una naranja que rueda hasta la calle.

—¿Qué puede tener ella en el cochecito? —pregunto, recuperando la naranja.

—No sé, pero cada vez que me le acerco, ella se aleja.

—Tal vez piense que tú estás actuando raro —digo.

Paco entorna los ojos como si estuviera apuntando con un arma.

Pero antes de que pueda hacer algo aparece don Reyes, nuestro viejo cliente, en su Ford azul de 1959. Don Reyes parquea junto a nosotros y se baja del carro. Noto que la curva de su espalda está más pronunciada que la última vez que lo vimos en aquella manifestación hace tanto tiempo, cuando el pájaro le cagó la cabeza a Fidel Castro. Lleva el sombrero de jipijapa metido hasta las orejas y la camisa empapada de sudor, y tiene húmedos los ojos azul pálido. Abuelo lo mira por debajo de su sombrero y ambos se estrechan las manos.

—¿Cómo anda? —pregunta abuelo.

—¿Cómo cree? Terrible —refunfuña don Reyes—. No hay nada en la televisión, hace dos días que no voy al baño y mi nieto Miguel se marchó a Estados Unidos con sus padres. ¿No lo sabía?

—No —dice abuelo.

—Los extraño.

—¿Por qué no se fue con ellos? —pregunta abuelo.

—Porque no voy a huir. ¿Por qué tengo que abandonar mi país porque lo hayan tomado Fidel Castro y su pandilla de comemierdas?

—Compadre, debería tener cuidado con lo que anda diciendo —dice Paco.

Don Reyes se le queda mirando.

—¿Qué edad tú tienes, mijo?

—Doce —dice Paco.

Don Reyes ignora a Paco y le guiña un ojo a abuelo.

—No hay duda de que han pasado muchas cosas raras desde aquel día en la manifestación cuando la paloma le cagó la cabeza a Fidel Castro —jaranea.

—¿Quiere un poco de jugo? —dice abuelo de prisa—. Juan hizo un exprimidor. El jugo lo ayudará a ir al baño.

—Mejor me voy —dice Paco—. Nunca se sabe cuándo va a aparecer un traidor entre nosotros. Hasta un hombre mayor que no puede ir al baño, con un elegante Ford azul, puede ser un traidor. —Se va y regresa a espiar a la señora del cochecito.

Don Reyes se queda mirando a Paco.

—Si esa es la juventud cubana siento pena por todos nosotros. —Y de repente dice—: Adiós. —Se detiene—. Ah... no quiero jugo. Tres naranjas, por favor. Si tres naranjas no me aflojan... ¡nada lo hará!

Paga y lo contemplamos montar al carro y casi golpear un parquímetro roto al salir. Abuelo y yo nos miramos. Él está a punto de decir algo cuando de pronto abre mucho los ojos y se dobla como si algo lo hubiera golpeado en el estómago.

—Juan —dice, casi sin aire, agarrándome el brazo—. Llévame a casa.

Comienza a toser y a escupir sangre.

Escaparse

Llevo a abuelo a la casa, va escupiendo y tosiendo por todo el camino. Al llegar, escuchamos a Mizcladia armando alboroto desde el fondo.

—No puedes rajarte ahora —grita—. Casi estamos terminando.

Abuelo me mira con los ojos tan aguados que me parece que está llorando. Lo ayudo a sentarse.

—Tráeme agua, voy a estar bien.

Entro a la cocina en medio de la bronca de Mizcladia y Macho.

—Cálmate, Mizcladia —le dice Macho con su voz grave—. Ya no estoy para eso. Era una idea loca. Nos vamos a ahogar, si no nos cogen antes.

—¡Yo no sabía que tú eras tan pendejo! —grita ella; se le han zafado algunos rolos.

—¿Por qué no podemos coger un avión a Nueva York como todo el mundo? —dice Macho.

—¿Tú eres mongo o qué? —chilla ella—. ¡No podemos coger un avión porque no tenemos dinero! Los únicos que pueden escaparse de Cuba en un avión son los que tienen dinero.

—Esta mujer está loca —me dice Macho en cuanto me ve—. Esto se acabó.

De súbito pasa volando una chancleta rosada que falla por poco la cabeza de Macho.

—¡Me voy! —dice él, saliendo por la puerta.

—¡Cobarde! ¡Pendejo! —grita ella tras él.

—Oye, ¿qué pasa? Cálmate —le digo.

—No puedo calmarme. ¿Cómo voy a calmarme? Me voy a quedar embarcada en esta isla para siempre, con estos supuestos vecinos del CDR arriba de una todo el tiempo. ¡Y ahora Macho me dejó! ¡Mi oportunidad de escapar de Cuba se me fue por el tragante! ¿Qué hago? —chilla Mizcladia, soltando rolos por todos lados.

Nunca había pensado en Cuba como un lugar del que habría que escapar.

—Ven —me dice ella—. Voy a enseñarte. —La sigo hasta el patio interior, donde yace una balsa con cámaras de carro amarradas a cada lado—. Esta balsa nos iba a llevar hasta Miami. ¡Pero ahora Macho se apendejó! ¿Cómo voy a llegar a Miami sin un hombre! —dice Mizcladia. Su cabeza es una maraña de pelos y rolos.

—En esta balsa no ibas a llegar a ningún lado, ni siquiera con un hombre —digo.

—¿Qué?

—No tiene timón, ni vela, ni quilla, ni motor... nada que la haga avanzar. ¡No hay modo de que esto se mueva en el agua!

—¿Qué? ¿Qué son todas esas cosas? —pregunta ella, sorprendida.

Le explico todo lo que sé de embarcaciones. Al final nos quedamos allí en silencio, respirando la desilusión de Mizcladia.

—Mira... tengo que llevarle agua a abuelo —digo, regresando a la cocina, con ella detrás—. La tos le ha empeorado cantidad...

Pero justo entonces oigo a abuelo toser muy alto y caer al piso produciendo un golpe seco.

Enfermo

Abuelo está en el piso, respirando con dificultad.

—Voy a buscar jarabe para la tos —dice Mizcladia.

—¡Abuelo! —grito, intentando levantarlo—. ¿Qué te pasa?

—Ayúdame a acostarme en la cama —dice él, casi sin aliento—. Me paré a ver qué pasaba y... —Casi se desploma en mis brazos.

Mizcladia regresa con el jarabe. Tratamos de dárselo, pero él a duras penas puede sentarse. Se dobla para toser otra vez. Tiene los ojos salidos de las órbitas y le ruedan las lágrimas a cada lado de la nariz.

—¡Dale más jarabe! —grito.

Mizcladia le da a abuelo más del líquido espeso. La tos se le alivia, pero solo por un instante.

—Ve a buscar a don Santo, el santero —dice Mizcladia.

—¿Por qué? —pregunto—. ¿Para qué busco a don Santo? ¿Para qué un santero? ¿Abuelo se va a morir? ¡Dime! ¡Dime! ¿Se va a morir?

—¡Dale! —grita ella.

Corro a casa de don Santo y llamo a la puerta.

—Entre —dice él con su voz vieja y aguda. Me mira de arriba abajo y dice—: ¡Es tu abuelo, lo sé! Deja buscar mis cosas.

Se pone un collar de cuentas especiales, coge yerbas e

incienso de sus gavetas y salimos. Se mueve rápido, como un pájaro en vuelo, como si su larga camisa blanca se transformara en alas. Al llegar a la casa observa nuestro altar.

—¡Ron! —grita.

Le traigo un poco de ron en un vaso. Él vierte un poco y se lo ofrece a Babalú Ayé, el orisha cuya imagen tenemos sobre la puerta. Enciende un tabaco, llena el espacio de humo, agita sus yerbas y murmura.

Abuelo se tranquiliza por un instante, pero de inmediato vuelve a doblarse de la tos y escupe aun más fuerte.

—Abuelo... —grito.

—Sal afuera —dice Mizcladia—. Aquí estás estorbando. Nosotros lo cuidamos.

Salgo afuera y empiezo a llorar. Mi mundo está patas arriba.

Emergencia

Alzo la vista, las lágrimas hacen que las estrellas refulgentes se vean fuera de foco en la noche sin luna. Una estrella fugaz brilla un instante y se apaga, desapareciendo en la nada. ¡Pienso que abuelo también se va a apagar!

Las lágrimas vienen y van. Me entra hambre, le doy un mordisco a una fruta del carrito y lo vomito. La sola visión de la fruta me da náuseas, así que me aseguro de cubrirla con la lona. Entro a la casa. Nada ha cambiado. Dentro reprimo las lágrimas; ¡afuera, las dejo brotar! Cuando me calmo, regreso junto a abuelo. Se siente mejor, pero de pronto empeora.

Así toda la noche. Finalmente me sorprende el sol. Cómo se atreve a salir y dar la cara como si fuera un día cualquiera, cuando abuelo pudiera estar a punto de morir. Oigo el sonido de un carro. Es el Ford azul de don Reyes. Parquea justo en frente y sale del carro.

—Juan —dice, nervioso, mirando a todas partes, con los ojos acuosos saltando de acá para allá. Sostiene una bolsa del tamaño de un pan—. Juan, necesito que me escondas esto. Solo por unos días.

Antes de que pueda contestar, me llama Mizcladia.

—Don Reyes —digo—, abuelo está enfermo.

Don Reyes se me queda mirando como si no entendiera lo que le digo.

—¡Juan! —vuelve a llamarme Mizcladia.

—Abuelo está enfermo —repito—. Tengo que entrar.

—¡Voy a esconder esto en el carrito de la fruta! —dice don Reyes—. ¡Aquí mismo! No están revisando los carritos de fruta... al menos por el momento —añade, metiendo la bolsa debajo de las naranjas.

Entonces, de la nada, ¡aparece Paco!

—¿Qué está pasando aquí? —pregunta, con cara de sospecha.

—¿Me has estado siguiendo, chiquillo estúpido? —dice don Reyes.

—Tengo que irme —digo. No tengo ningunas ganas de ver a Paco.

—Yo te ayudo —dice don Reyes, entrando conmigo a la casa.

Dentro, abuelo es un guiñapo en brazos de Mizcladia; la cabeza le cuelga entre los hombros. El santero sigue cantando.

—Hay que llevarlo al hospital —dice don Reyes—. ¡Esto es una emergencia!

Todos salimos de la casa. Corro adelante para abrir la portezuela del carro y ayudar a abuelo a acomodarse en el asiento de atrás.

—Yo me quedo aquí a vigilar —dice Paco.

"¿A vigilar qué?", me pregunto. Entonces caigo en la cuenta: Paco ha estado espiando a don Reyes desde que lo vimos en el Malecón.

El carro arranca. Miro por la ventanilla y veo a Paco hurgando en el carrito de la fruta.

Gracias

Abuelo tose repentinamente y pienso que se le van a salir los ojos de las órbitas.

—Apúrese, don Reyes, apúrese —le ruego.

Tiemblo. ¿Cuántos ataques de tos más puede soportar abuelo?

Cargarlo hasta el interior del hospital es como llevar un saco de huesos. Los afiches revolucionarios de Paco están por todas partes, gritándome "¿Será un patriota o un traidor? Depende de ti. Dale una educación revolucionaria".

Hay un alboroto de niños llorando, adultos gimiendo, el pin-pan de las herramientas de metal golpeando sartenes, olor como a mercurocromo y también olor a mierda vieja. Finalmente se escuchan los pasos veloces y amortiguados de una enfermera con zapatos de suela de goma.

—Cielo santo, este hombre se ve muy mal... vengan conmigo —dice, y nos ayuda a llevar a abuelo a una habitación llena de camas separadas por cortinas—. El médico vendrá enseguida —instruye, llevándonos a una cama junto a la ventana.

—Gracias —le digo.

—¿Y usted quién es? —dice la enfermera, mirando a don Reyes.

—Soy un amigo —dice él.

—Bien, va a necesitar uno —dice la enfermera, tajante.

Abuelo se sienta en la cama. Aparece un médico con un mechón de pelo que le cubre la frente.

—Mi abuelo tiene mucha tos —le digo—. Casi no puede respirar.

—Claro. Puedo escuchar que respira con dificultad. ¿Por cuánto tiempo ha tenido esa tos? —pregunta el médico, corriendo la cortina por privacidad y apartándose el pelo de la frente con un gesto rápido.

Miro al techo, tratando de recordar.

—No importa —dice el médico, auscultándole el pecho y la espalda a abuelo—. Creo que este hombre tiene tuberculosis.

—Tuberculosis —repito como un tonto.

—Nunca se me ocurrió —dice don Reyes.

—¿Tuberculosis? —dice abuelo débilmente. ¡A él tampoco se le había ocurrido!

—¡Enfermera! —llama el médico—. Dele a este hombre dos cc de clorfeniramina.

La enfermera regresa y le administra a abuelo la medicina.

—Tu abuelo tendrá que quedarse aquí por unos días para hacerle algunas pruebas —dice el médico, volteándose hacia nosotros—. ¡Y puede que tú también estés infectado!

—¿Yo? Pero me siento bien —digo.

—Nunca se sabe. Pero no te preocupes, los vamos a cuidar a los dos.

Abuelo mira a don Reyes, trata de hablar, pero le cuesta demasiado.

—No se preocupe por nada —le asegura don Reyes—. Volveré a la casa y les diré a todos dónde están ustedes y cuidaré del carrito de fruta hasta que regresen.

JUAN

—Gracias —le digo.

—No hay de qué.

Abuelo deja escapar una larga cadena de pedos. Nos volteamos hacia él y se queda dormido.

—Gracias a ti por dejarme esconder la bolsa —me susurra don Reyes para que nadie más lo escuche—. La buscaré cuando no haya moros en la costa —añade.

Se me había olvidado por completo la bolsa de don Reyes escondida en el carrito de la fruta.

Secretos

—No estoy enfermo —le digo a don Reyes cuando nos visita en el hospital días después—, pero abuelo se tiene que quedar más tiempo. —Abuelo asiente y escuchamos una cadena de pedos sonoros.

—No se preocupe por Juan —dice don Reyes, tomándole la mano a abuelo—. Yo lo cuido hasta que usted regrese.

Abuelo asiente con la cabeza. Parece más repuesto. Don Reyes y yo tratamos de sonreír en el camino a casa, pero nuestras sonrisas se congelan al llegar allí.

Paco y un policía están parados al lado del carrito de la fruta. El policía tiene en la mano la bolsa de don Reyes. Nelson el Chismoso está de pie junto a ellos, y los ojos le brillan como a un gato. Don Reyes para el carro.

—Le voy a decir al policía que tú no sabías que puse la bolsa ahí —me susurra don Reyes tapándose la boca con la mano.

Nos acercamos. Paco y yo nos miramos a los ojos.

—Ese es el hombre al que vi esconder la bolsa —dice Paco, señalando a don Reyes.

El policía alza la bolsa. Don Reyes casi se cae de espaldas.

Me siento muy mal por don Reyes, este pobre viejo encorvado que me ha ayudado tanto.

—¿Qué hay aquí dentro? —pregunta el policía. Don Reyes

parece trastabillar en el lugar—. Le pregunté qué es lo que esconde aquí.

De súbito siento un rugido de furia en mis oídos. Todo esto es culpa de Paco. La rabia viaja de mis entrañas a mi puño, y casi como si este no estuviera sujeto a mi cuerpo, ¡sale volando de mi costado e impacta el rostro de Paco, que se cae de espaldas!

—Oigan, ¿qué pasa aquí? —exclama el policía.

Paco se me abalanza con todas sus fuerzas y nos revolcamos por el piso, puños volando a diestra y siniestra, hasta que el policía saca la porra y golpea la acera cerca de nuestras cabezas para detener la pelea.

—¡Párense! Los dos —ordena.

Nos paramos, sin resuello.

De pronto, sale Mizcladia con dos tacitas de café en la mano.

—¿Qué está pasando aquí? —pregunta.

Saboreo la sangre que me brota del labio y noto que ella luce diferente. Entonces reparo en que no lleva rolos y que tiene el pelo perfectamente peinado.

—Pegunté qué es lo que está pasando aquí —repite Mizcladia—. Salgo a traerles a Nelson y a este amable policía una tacita de café y ¿qué me encuentro? —continúa diciendo—. ¡Una bronca callejera! —¡Sonríe y les guiña un ojo a los dos hombres!

—Cosas de niños —dice el policía, apartándonos—. Más tarde vuelvo por ese café y quizás algo más —añade, guiñándole un ojo de vuelta a la mujer—. Ahora tengo que llevarme a este hombre para interrogarlo.

—¿De qué se me acusa? —pregunta don Reyes.

—Este muchacho dice que usted intentó ocultar objetos de valor. Eso es contrarrevolución.

—Esas son mis pertenencias —dice don Reyes, agarrando la bolsa y arrebatándosela al policía.

Todo el contenido cae al piso: una Biblia vieja, un collar brillante, aretes de perlas, brazaletes, un camafeo y un gran fajo de billetes americanos atados con una liga.

Todos se quedan paralizados.

Venganza

—Ahí hay un montón de dinero —dice Mizcladia, abriendo mucho los ojos.

—Recójalo —dice el policía. Yo comienzo a recoger las cosas—. ¡Tú no! Él —dice el policía, señalando a don Reyes—. ¡Usted!

Don Reyes trata de agacharse, pero sus viejas rodillas lo traicionan. Trastabillea y se cae de bruces. Intento ayudarlo.

—Déjalo —dice el policía—. Quiero que él lo recoja.

Don Reyes recoge la Biblia.

—Esto era de mi madre. Por favor, ¿puedo...?

—Recójalo todo —ruge el policía—. Todo.

Don Reyes recoge el camafeo.

—Por favor, esto era de mi madre...

—Todo —dice el policía.

—Déjelo en paz —digo.

—Cállate, o te llevo a ti también. —Le arrebata la bolsa a don Reyes, lo empuja dentro de la patrulla y se marcha con el viejo.

Miro a Mizcladia y luego a Paco.

—¡Lárgate! ¡Vete! —grito prácticamente.

—¿Qué? —dice Mizcladia.

—¡Tú no! ¡Él! —digo, señalando a Paco—. ¡Paco, piérdete de mi vista!

Paco se limpia la sangre del labio, me lanza una mirada rabiosa y se marcha.

Estoy tan furioso que no sé qué hacer. Entro a la casa para alejarme de todos. ¿Cómo pudo Paco chivatear a don Reyes? No puedo ni pensar, aguantando las lágrimas que intentan salirse. ¡Lo que quiero es golpear! Si Paco es un chivato, yo también puedo serlo. Pero ¿cómo? Doy vueltas en la habitación hasta que al fin se me ocurre cómo.

Chivato

Salgo corriendo al patio. Esa estúpida balsa en la que Mizcladia y Macho se iban a escapar está aún ahí. Voy a denunciar a Mizcladia. ¡Lo voy a hacer! Le voy a decir a todo el mundo que ella se iba a escapar de Cuba en una balsa. ¡Eso tiene que estar prohibido, seguramente!

Nada más pensar en cómo les sonreía al policía y a Nelson, luciendo el pelo sin rolos para ellos, me da náuseas. ¡Y quería ofrecerles café! ¡Cómo pudo! ¡Cómo! ¡Qué mentirosa! ¡Qué farsante!

Puedo imaginarme el rostro del policía cuando le diga que Nelson el Chismoso es amigo de Mizcladia, ¡una mujer que estaba construyendo una balsa para escaparse de Cuba con su novio! Realmente... ser amigo de una mujer que planea escaparse de Cuba hace a Nelson culpable también, ¿no?

Corro a la puerta y prácticamente choco con Mizcladia, que en silencio prepara más café en la cocina. Su hija Perfidia está en el piso jugando con el carrito sobre el pedazo de goma, ¡frustrada porque el carrito no se queda encima de la tira de goma!

Mizcladia y yo nos miramos de soslayo. Me digo a mí mismo que debo calmarme.

—Bueno —dice ella estúpidamente—, no te preocupes. Don Reyes va a estar bien.

Mi calma se disipa y vuelve a hervirme la sangre.

—¿Cómo pudiste sonreírle así al policía?

—Mira —dice ella, voltéandose de prisa—, así son las cosas ahora en Cuba. Y tú, aprende a sobrevivir... ¡rápido! Si sonreírle y darle café al policía va a beneficiarme, lo voy a hacer.

—Pero don Reyes no se merecía que se lo llevaran solo por haber tenido madre.

—¿Cómo?

—Por querer conservar las cosas de su madre —añado.

—El pueblo cubano tampoco se merece a Fidel Castro, pero ¿qué le vas a hacer? —se encoge de hombros.

No puedo creer lo que me dice. Sus palabras me empujan por la puerta para afuera y rumbo a la estación para chivatearla.

Cambio de idea

Pero por el camino tropiezo con Macho.

—Oye, Juan, justo a ti quería verte —me dice, con una sonrisa amplia.

—¿Eh? ¿Qué? —digo como un tonto.

Lleva un plato hondo tapado.

—Juan, ¿cómo está tu abuelo? Oí decir que estaba enfermo. Aquí tienes un poco de sopa. No es mucho, pero pensé que a ustedes les gustaría.

Macho. No había pensado en él.

—¡Le puse bastante cilantro! —dice—. Ayer estaba buena, lo que significa que hoy estará mejor. —Contemplo su rostro enorme y amigable—. También tiene bastante ajo, y tú sabes que mi madre decía que el ajo es la mejor medicina del mundo.

—Sí —digo, y la furia se me va disipando como un globo al que se le sale el aire.

—Llévasela.

—No está en casa. Está en el hospital...

—Ah, bueno, igual, llévatela y cómetela tú. No quiero encontrarme con Mizcladia. ¡Cuando se enoja hay que tener cuidado! Capaz que me tire un zapato.

—Sí, tienes razón —digo débilmente.

—Yo la quiero y todo, pero tengo que esperar a que se calme.

—Sí —digo.

—Y quiero convencerla de que se deshaga de la balsa. Se podría meter en problemas si las autoridades la descubren. ¡Y yo me metería en problemas por ayudarla!

Un sentimiento amargo me embarga y me sobreviene la náusea.

—Gracias, Macho —digo débilmente, cogiendo el plato de sopa—. Gracias.

—Oye, sí, cómete la sopa.

—Gracias.

—Y avísame si necesitas algo más —me dice, con una gran sonrisa.

—Gracias.

Entro a la casa y me siento en la cama de abuelo. Descubro el plato de sopa y nuestro pequeño cuarto se llena de los maravillosos aromas del pollo, los tomates, la yuca, los plátanos, el cilantro y el ajo. Sin siquiera buscar una cuchara, me llevo el plato a los labios y me tomo un poco de sopa. Me calienta el corazón de camino al estómago.

Y entonces me doy cuenta de algo: no importa lo que signifique ser cubano en estos tiempos, yo no me voy a convertir en un chivato. Tomo un poco más de sopa y dejo que me llene por dentro. Se siente muy bien.

Liberado

No me convertiré en un chivato, pero no voy a ir más a la escuela. Nunca seré pionero y tampoco volveré a ser amigo de Paco. Mientras espero a que abuelo se recupere y regrese a la casa, voy al basurero y decido buscar solamente cosas que son difíciles de encontrar desde que triunfó la Revolución. Una máquina de escribir, un ventilador, un abrelatas. Estas son cosas que puedo arreglar, así como nunca podré arreglar las cosas con Paco.

Después de vender las frutas y los vegetales de abuelo que quedaban y de botar lo que estaba podrido, cubro el carrito y gano dinero buceando para buscar monedas. Con ese dinero compro leche y huevos.

Lo único que me molesta es estar solo en el cuarto de noche, así que salgo y miro a la luna, que también está sola. Una noche veo a un hombre arrastrando los pies por la calle. Es don Reyes. Corro a encontrarme con él.

—Don Reyes —digo—. ¿Qué pasó?

Tiene un ojo morado y una herida en la cabeza, y le cuesta trabajo torcer el cuello para mirarme.

—Me duele el cuello de estar en esa celda fría —dice—, pero estoy bien. Esos comemierdas no se salieron con la suya.

Lo llevo hasta la casa.

—Venga y siéntese en la cama de abuelo —le digo.

Él me muestra la Biblia y se saca el camafeo del bolsillo.

—¿Viste? No se salieron con la suya —repite—. Aún conservo la Biblia y el camafeo de mi madre. ¿Quieres saber por qué?

—¿Por qué? —pregunto.

—Porque antes de llegar a la estación soborné al policía con el dinero americano. Él lo cogió. Son todos unos bandidos.

—Lo siento, don Reyes —digo.

—No, eso me hizo sentir bien.

—¿Cómo así? —pregunto, confundido.

—¡Porque eso prueba lo que siempre creí! —dice, con fuego en la mirada—. Que todos los hombres de Fidel Castro son unos comemierdas... tal como siempre he dicho. Y ahora puedo guardar esta Biblia y el camafeo para mi nieto Miguel.

—¿Usted sabe dónde están? —pregunto.

—Sí, Miguel está podando céspedes en Miami. ¡Tiene un empleo! ¡Sé que los volveré a ver! Él dice que el césped que crece en Miami es similar al que crece aquí. Tal vez lo vea cuando los visite. —Suspira y cambia el tema—. ¿Y tu abuelo? ¿Cómo está?

Le cuento de la salud de abuelo y promete llevarme a buscarlo cuando llegue el momento.

Entonces vamos a la cocina. Mizcladia se está preparando una merienda y Perfidia está en el piso, haciendo correr el carrito por encima de la tira de goma de la que me había olvidado por completo. Me preparo un refresco tan frío como el hielo que hay entre Mizcladia y yo, y no nos decimos nada. Solo se escucha el carrito de Perfidia que se desliza por encima de la tira de goma antes de descarrilarse a un lado o al otro, y la niña que refunfuña porque el carrito no se queda encima de la tira.

JUAN

¡Entonces se me ocurre! ¡Claro, qué estúpido, hay que hacerle surcos a la tira!

Cojo un cuchillo de cocina y bajo la mirada de Perfidia tallo dos surcos en la tira de goma. Tras algunos intentos, el carrito rueda perfectamente por los surcos. Perfidia aplaude con sus manitas regordetas.

Respiro aliviado.

Abuelo vuelve a casa

Abuelo está en casa. Luce mucho mejor, pero todavía tiene que hacer reposo por otros dos meses. Le cuento de la bolsa que don Reyes escondió en el carrito de la fruta y de cómo golpeé a Paco en la cara porque chivateó a don Reyes, y él me escucha con atención.

—Don Reyes solo quería conservar cosas que pertenecieron a su madre —digo—. Para recordarla. Para enviárselas un día a su nieto Miguel, que vive en Estados Unidos. —Entonces añado—: Miguel trabaja allá podando céspedes. A lo mejor yo pueda arreglar o hasta diseñar podadoras de césped para él.

Abuelo me devuelve a la realidad.

—Don Reyes siempre ha sido un buen amigo nuestro —dice. Entonces duda antes de añadir—: Y ¿cómo está el tuyo?

—¿Eh? ¿Cómo está mi qué? —pregunto, confundido.

—Tu buen amigo Paco. ¿Cómo está él?

—¡Él ya no es mi amigo! Es un chivato. No quiero ser su amigo. No quiero ni ir a la escuela, donde a lo mejor me lo tropiezo, y donde tengo que marchar como un tonto. Quiero quedarme en casa y cuidarte y bucear para buscar monedas y vender fruta. Eso es todo.

—Y ¿qué hay de lo que yo quiero? —pregunta él.

—¿Qué?

—¿Qué hay de lo que yo quiero? —repite.

—No sé de qué me hablas —digo.

—Quiero que vuelvas a ir a la escuela.

—Pero ¡yo no quiero! No quiero estar cerca de esa gente. ¡Esos chivatos!

—Tienes que encontrar la manera de vivir en esta nueva Cuba.

—¡Eso mismo dijo Mizcladia! —exclamo—. ¡No puede ser que ella haya dicho algo inteligente!

—Tienes que encontrar la manera de sobreponerte a la sombra de Castro —añade él suavemente—. Escúchame: cuando estaba en el hospital me dieron una medicina que sabía a mierda de vaca. También me pincharon con un montón de agujas. La cama era incómoda. Detestaba a ese estúpido mediquito que no paraba de decirme que yo debía estar agradecido por que Fidel Castro había hecho que la medicina estuviera al alcance de todos... ¡pero las medicinas y los médicos me curaron! —Lo escucho. Él continúa hablando—: A veces hay que aguantar lo malo que viene con lo bueno.

—Pero ¿qué tiene de bueno ser amigo de Paco? —quiero saber.

—A lo mejor nada. No tienes que ser su amigo —dice abuelo—. Ni siquiera tienes que ser pionero. Solo tienes que ir a la escuela.

—Pero...

—Igual que yo tengo que volver al hospital para que me operen de la vista. Dicen que tengo cataratas y que me las pueden operar.

—Pero ¿y lo que le hicieron a don Reyes? —insisto—. E incluso lo que le hicieron a Nelson. Él era simplemente un basurero y ahora... no sé... ¡desde que se unió al Comité de Defensa de la Revolución se ha convertido en un chismoso insoportable!

Abuelo alza la mano y gentilmente me la pone en el hombro.

—Hay que aprovechar y coger lo que nos den. —Me dispongo a pensar en esas palabras, pero él continúa—: ¿Sabes qué? Estoy lo suficientemente viejo como para saber que las cosas volverán a cambiar en Cuba. Algún día... estoy seguro. Y me alegra saber que tal vez, gracias al nuevo gobierno, tendré vista para ver esos cambios. A lo mejor hasta para ver como tumban a Castro.

—Pero...

—Tráeme agua, por favor —dice él, recostando la cabeza.

En la cocina, mientras Mizcladia arma su jaleo en el fogón, Perfidia me da su carrito. Jugamos. ¡El carrito corre por los surcos y se queda encima de la tira de goma tal como se supone que haga!

Exhermano de sangre

Arriba, abajo
Los yanquis son guanajos

Estoy sentado bajo un jagüey haciendo la tarea. Tengo que dibujar dos engranajes y mostrar cómo podrían usarse para impulsar una bicicleta acuática. Los pioneros están marchando sin mí. Paco es uno de ellos, y les grita a los demás lo que tienen que hacer.

Cantan una y otra vez hasta que el instructor los manda a parar.

—Vamos a cogernos un diez —dice.

Los pioneros se separan en grupitos, cada uno tratando de alcanzar un poco de sombra. Me encuentro a los pocos estudiantes que no son pioneros. Cada vez somos menos. Por el rabillo del ojo veo a Paco entrar a la escuela y salir con un bocadito de helado.

—Oye —dice, acercándose a mí—. ¿Quieres la mitad?

Niego con la cabeza y aparto la mirada. Paco me ofrece la mano. Yo escupo al suelo.

—Mira —dice Paco—, denunciar a don Reyes era lo correcto. —No digo nada aún—. No soy solo yo el que lo piensa; ¡mis padres también!

—¿De verdad? ¿Tus padres están todavía en casa?

—Sí. Si no me crees, ven a verlos.

—No, no quiero.

—Oye, tú me diste un piñazo en la cara. Estamos en paz, ¿eh? —No digo nada, así que él sigue—. Tuve que hacerlo. Un pionero tiene que cumplir con su deber.

—Yo también —digo.

—¿Eh? —Paco parece sorprendido.

—Yo también tengo que cumplir con mi deber, igual que tú.

—Todavía no entiendes —dice con desdén.

—No —respondo, mirándolo a los ojos.

Regreso a mi dibujo. No alzo la vista hasta que escucho los pasos de Paco alejándose. En el tiempo que le toma desaparecer entre la multitud de niños, decido que me haré ingeniero e inventaré un nuevo tipo de embarcación. Mientras pienso en ello, me busco en el dedo la marca del pinchazo que me hice cuando me convertí en hermano de sangre de Paco. Por supuesto, ha desaparecido. Igual que Paco.

Sé que voy a resolver este problema de los engranajes de la bicicleta acuática. Sé que tengo que concentrarme en esto para, en el futuro, tener más oportunidades de escapar.

El instructor llama a los estudiantes para que regresen a marchar y a cantar su estribillo estúpido. Al principio, Paco es el que grita más, pero luego su voz simplemente se confunde con las de los demás.

Fidel, Fidel, qué tiene Fidel...

Que los americanos no pueden con él...

Recojo mis cosas y corro tan rápido y libre como el viento, disfrutando el aire y hasta el sudor que me corre por el rostro y por el pecho hasta mis patas largas.

Libre para ser yo...

Balseros

y para ir a la escuela. Todos los días, después de clases, vengo a casa y trabajo en la balsa de Mizcladia en el patio. Seguiré trabajando en eso mientras tenga que hacerlo, hasta que los engranajes sean más fuertes que mis piernas, de modo que un día, tal vez, si quiero, pueda ir pedaleando en mi balsa desde aquí hasta Estados Unidos.

Una herencia compartida
CÓMO LLEGUÉ A ESCRIBIR ESTE LIBRO

Siempre sentí que Cuba, Puerto Rico y la República Dominicana eran hermanas caribeñas. Los indios taínos nativos navegaban libremente en canoas entre las islas. Cuando se sumaron los europeos y los africanos, Puerto Rico, Cuba y La Española llegaron a compartir una cultura indígena, hispana y africana semejante.

Pero las tres islas comparten una historia más oscura. Cada una de ellas fue ocupada e intercambiada por superpotencias y sufrió tumultuosos eventos históricos internos que a la larga llevaron a sus habitantes a emigrar a los Estados Unidos de América.

Siempre me han interesado las idas y venidas y la dicotomía de los habitantes del Caribe. Aunque no soy cubana, siempre me llamó la atención el hecho de que, si bien fue la pobreza la que condujo a mi familia en Puerto Rico a inmigrar al continente en la década de 1940, dejando atrás a los puertorriqueños de clase media, en Cuba sucedió lo opuesto. Los disturbios políticos condujeron a los cubanos con dinero a venir a Estados Unidos en 1959, dejando atrás a los cubanos pobres. Por su parte, los disturbios políticos y la pobreza condujeron a los dominicanos a inmigrar a Estados Unidos en la década de 1960.

Pero lo que específicamente me hizo querer escribir este libro fue lo siguiente: había decidido escribir un libro infantil ilustrado sobre Cuba, pero al investigar en busca de detalles históricos, la historia general de la Revolución cubana me picó la curiosidad.

Primero, me impactó saber que más de catorce mil menores cubanos sin acompañantes fueron enviados a Estados Unidos en un programa llamado Operación Pedro Pan, por padres que querían proteger a sus hijos de reales o supuestas medidas políticas de Castro. Y cuando supe del reclutamiento de jóvenes llamados brigadistas para enseñar en la campaña de alfabetización de Castro, y luego de la educación revolucionaria llevada a cabo en las escuelas en el programa de los pioneros, me sentí obligada a escribir sobre cómo estas campañas afectaron las vidas de los niños y jóvenes que se quedaron en Cuba.

Las vidas de todos se ven afectadas por los movimientos sociales y políticos, sea que se permanezca en el país o que se emigre. A veces me pregunto cómo habría sido mi vida si mis padres se hubieran quedado en Puerto Rico y yo hubiera nacido allí en lugar de en Nueva York, y no me hubiera criado en el Bronx. Me imagino así a los cubanos preguntándose cómo habrían sido sus vidas si se hubieran quedado en Cuba o si Castro nunca hubiera llegado al poder.

Creo que los jóvenes cubanos que migraron a Estados Unidos, al igual que los que se quedaron atrás, eran valientes, simpáticos, amables e ingeniosos. Cuando comparo sus historias con las de los desplazamientos de mi propio pueblo, me pregunto cómo sería ser uno de ellos. Al investigar, sentí empatía por los jóvenes que lograron superar la sombra de Castro.

Para concluir, no pude evitar crear personajes de ficción

vistos a través del lente de mi propia experiencia humana y caribeña.

El resultado fueron estas cuatro historias que construí en *Crecer siendo cubano*, pintando un retrato que enfatiza la experiencia, la fortaleza y la esperanza de Ana, Miguel, Zulema y Juan.

—*Sonia Manzano*

Más sobre Cuba

• Introduje unos turistas canadienses en la primera historia tras enterarme de que Canadá anunció formalmente su reconocimiento del gobierno cubano el 8 de enero de 1959, el día en que el Ejército Rebelde entró a La Habana. A pesar de que algunos funcionarios canadienses expresaron su preocupación por los tribunales revolucionarios que estaban teniendo lugar y reconocieron las diferencias ideológicas entre ambas naciones, las relaciones diplomáticas entre Canadá y Cuba permanecieron interruptas tras la Revolución.

• Los brigadistas fueron jóvenes reclutados por Fidel Castro para alfabetizar a los ciudadanos cubanos analfabetos. Muchos jóvenes, aburridos de sus vidas sedentarias, dieron el paso al frente ante la oportunidad de enseñar. Durante un año viajaron por toda la isla cargando sus hamacas, cuartillas, lápices y faroles de kerosén para ir a enseñar, pero sus objetivos no eran del todo altruistas, ya que promulgaban la propaganda política de Castro a través de los programas de lectura que empleaban.

Tiempo después, el régimen edificó escuelas en las áreas rurales, construidas por presos y personas recluidas en campos de trabajo.

• El programa de pioneros fue diseñado para enseñar teoría revolucionaria e inculcar el fervor revolucionario en niños de edad escolar.

• José Martí (28 de enero de 1853–19 de mayo de 1895) fue un poeta, filósofo, ensayista, periodista, traductor, profesor y editor cubano, considerado el héroe nacional de Cuba por su papel en la liberación de su país del Imperio Español en el siglo XIX.

Su labor por unificar la comunidad emigrada cubana, particularmente en la Florida, fue crucial para el éxito en la Guerra de Independencia de Cuba contra España. Tras su muerte, algunos de sus poemas del libro *Versos sencillos* fueron adaptados en la canción "Guantanamera", que hoy en día es un símbolo de cubanía. Tras la Revolución cubana de 1959, la ideología martiana se convirtió en la fuerza motriz principal de la política cubana.

• Fidel Castro gobernó Cuba desde su toma de poder en enero de 1959 hasta el 24 de febrero de 2008, aunque continuó influyendo en la política cubana hasta su muerte el 25 de noviembre de 2016. Su hermano Raúl tomó el mando como su sucesor.

• Leí sobre la creencia de los campesinos cubanos de que el "sereno", el aire nocturno, podía enfermar a las personas en el libro *Dancing with Dictators* de mi amigo Luis Santeiro. Aunque esto podría ser una creencia regional, la usé como oportunidad para señalar el año 1961.

• A pesar de que los expertos discrepan sobre cuándo comenzó el acoso físico real de los ciudadanos que abandonaban Cuba, elegí insertar este comportamiento en la vida de Juan para crear un impacto dramático.

• El término "gusanos" aplicado a las personas que abandonaban el país fue utilizado por primera vez por Fidel Castro en un discurso del 2 de enero de 1961.

• Hubo varios éxodos masivos en embarcaciones de Cuba a Miami. Al que sugiero que Juan se uniría al crecer es el éxodo del Mariel, que ocurrió en 1980.

• Una circular de 1960 de las Caridades Católicas de Tottenville, Staten Island, me ayudó a construir la historia de Miguel.

• Cada cultura desarrolla una memoria colectiva. Al hacer mi investigación, leí muchas referencias a una paloma que le cagó la cabeza a Castro en una manifestación. En algunas referencias se la mencionaba de manera jocosa; en otras, como signo solemne de buena fortuna; y en algunos libros, ¡se le atribuye a un aparato mecánico inventado por el propio Castro para resaltar su persona! Encontré el pasaje en suficientes publicaciones como para llevarme a creer que ocurrió de una manera o de otra.

• Para terminar, este libro está basado en hechos reales, aunque comprimí el tiempo en todas las historias para crear una sensación de inmediatez y de dramatismo. Los editores, lectores y amigos han hecho todo lo posible para ayudarme a hacer que este libro tenga rigor histórico. Cualquier error de autenticidad es involuntario, pero estrictamente de mi propia autoría.

Cronología de los acontecimientos citados en este libro

1953

26 DE JULIO

Fidel asalta el cuartel Moncada. Ese suceso le da nombre a su facción: Movimiento 26 de Julio.

1959

ENERO

Fidel Castro entra a La Habana.

FEBRERO

Muchos prisioneros políticos son ejecutados.

MAYO

Se firma en Cuba la primera Ley de Reforma Agraria.

JULIO

Fidel da un discurso frente a medio millón de campesinos cubanos que han acudido a La Habana para celebrar la Ley de Reforma Agraria.

1960

SEPTIEMBRE

Castro crea los grupos de vecinos encargados de mantener la vigilancia sobre los contrarrevolucionarios. Estos grupos son llamados Comités de Defensa de la Revolución.

1961

ENERO

Se establece la Campaña Nacional de Alfabetización en Cuba.

Grupos de contrarrevolucionarios asesinan al maestro alfabetizador Conrado Benítez.

FEBRERO

Mount Loretto en Staten Island acoge a los niños refugiados cubanos.

ABRIL

El 17 de abril de 1961 Estados Unidos apoya a los grupos paramilitares cubanos que desembarcan en playa Girón, en la Bahía de Cochinos, en un intento de derrocar al gobierno cubano. La invasión inicialmente supera a las milicias revolucionarias locales, pero cuando la noticia llega a oídos de la comunidad internacional, el presidente estadounidense John F. Kennedy decide retirar su apoyo. Las fuerzas invasoras son derrotadas en tres días por las Fuerzas Armadas Revolucionarias cubanas. La mayor parte de las tropas contrarrevolucionarias es interrogada y encerrada en cárceles cubanas.

La invasión fue un fracaso de la política exterior de

EE.UU., pero convirtió a Castro en un héroe nacional, y le dio pie a sus iniciativas sociales militaristas, al hacerle creer que tenía pruebas de que EE.UU. intentaba derrocar su gobierno. El fracaso de Estados Unidos también influyó en el distanciamiento entre este país y Cuba, y empujó a esta a estrechar lazos con la Unión Soviética.

NOVIEMBRE
Grupos de contrarrevolucionarios asesinan al maestro alfabetizador Manuel Ascunce.

DICIEMBRE
Comienza la Operación Pedro Pan.

LOS SIGUIENTES

libros y fuentes

SIRVIERON DE INSPIRACIÓN PARA ESTA NOVELA:

Libros

90 Miles to Havana, de Enrique Flores-Galbis

The Cubans, de Anthony DePalma

Dancing with Dictators, de Luis Santeiro

Fleeing Castro, de Víctor Andrés Triay

Miami y mis mil muertes, de Carlos Eire

Mi año de brigadista, de Katherine Paterson

Operación Pedro Pan, de Yvonne M. Conde

La sombrilla roja, de Christina Díaz González

Refugiado, de Alan Gratz

Nieve en La Habana, de Carlos Eire

Documentales

Balseros, 2002, dirigido por Carles Bosch y Josep María Domènech

The Lost Apple, 2013, dirigido por Cliff Solway

Maestra, 2012, dirigido por Catherine Murphy

We Will Meet Again, 2.ª temporada, episodio 5: "Escape from Cuba", PBS, 2019, presentado por Ann Curry

Películas

Antes que anochezca, 2000, dirigida por Julian Schnabel. Basada en la vida del escritor cubano Reinaldo Arenas

Lucía, 1968, dirigida por Humberto Solás

Memorias del subdesarrollo, 1968, dirigida por Tomás Gutiérrez Alea

Soy Cuba, 1964, dirigida por Mijaíl Kalatózov

Agradecimientos

Quiero agradecerle a mi editora, Andrea Davis Pinkney, no solo por animarme a pasar de la idea del libro infantil ilustrado a la novela, sino por conducir este libro durante todo el trayecto. Gracias, Andrea, por señalar lo más efectivo en cada borrador que tuviste que leer.

La correctora Jody Revenson y la editora de producción Janell Harris se merecen una ronda de aplausos por sacar lo mejor de cada oración en la edición en inglés.

Gracias a la directora creativa Elizabeth B. Parisi y a la ilustradora Nicole Medina por la evocativa cubierta: lo primero que capta la atención del lector.

Un agradecimiento especial para Eida del Risco, profesora de la Universidad de Nueva York, por su meticulosa lectura de rigurosidad de cultura cubana, hechos históricos, coloquialismos del español y tradiciones durante el auge del régimen de Castro, por no mencionar su especial conocimiento del humor cubano.

Gracias a los lectores de los primeros borradores, los escritores Luis Santeiro y Sally Cook, así como los académicos María de los Ángeles Torres, profesora de Estudios Latinos y Latinoamericanos de la Universidad de Illinois en Chicago, quien a los seis años de edad fue una de las menores enviadas a Estados Unidos en el programa Pedro Pan, y Lisandro Pérez, profesor de Estudios Latinx y Latinoamericanos en el John Jay College de la Universidad de la Ciudad de Nueva York.

Gracias a Enrique Flores-Galbis por conversar conmigo cuando este libro era una simple ocurrencia y por contarme sobre niños que vinieron a EE.UU. a través de la Operación Pedro Pan que recogieron tomates.

Para concluir, una reverencia a mi agente Jennifer Lyons por apoyar todos mis intentos literarios.

Y, no hace falta decirlo, gracias a mi esposo, Richard Reagan, y a mi hija, Gabriela Rose Reagan, por su apoyo y por recordarme siempre qué es lo importante.

Sobre la autora

Sonia Manzano es una puertorriqueña de primera generación nacida en Estados Unidos y criada en el sur del Bronx. A comienzos de la década de 1970, una beca la llevó a la Universidad Carnegie Mellon, donde participó en *Godspell*, el exitoso espectáculo de Broadway. De ahí, con el tiempo llegó a impactar positivamente las vidas de millones de padres y niños cuando le ofrecieron la oportunidad de crear el papel de "María" en *Sesame Street*, por el cual recibió el Emmy por los Logros de Toda una Vida en la 43 edición de los Premios Emmy en 2016.

Manzano también ha recibido 15 premios Emmy por los guiones de *Sesame Street*, el Premio del Caucus Hispano del Congreso de Estados Unidos y el Premio de la Herencia Hispana por Educación.

Es también una reconocida escritora de libros infantiles, entre los cuales se encuentran *The Revolution of Evelyn Serrano*, ganador de la Mención de Honor Pura Belpré, y *Ser María*, publicados por Scholastic; y también *No se permiten perros*, *Una caja llena de gatitos*, *Miracle on 133rd Street*, *The Lowdown on the High Bridge: The Story of How New York City Got Its Water* y *A World Together*.

Manzano creó la serie animada *Alma's Way*, desarrollada por Fred Rogers Productions.